虎地貓

劉克襄 著

目次

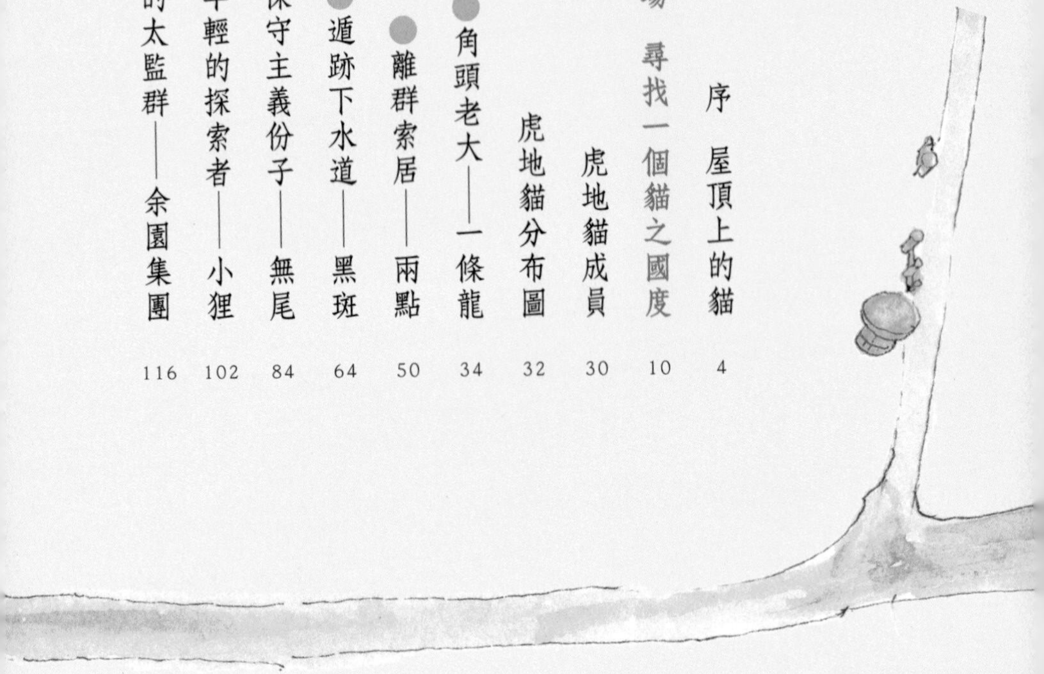

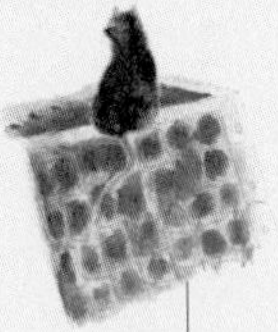

序

屋頂上的貓

知道小英總統是貓奴，我不禁莞爾一笑。看來再理性的人，回家擁抱貓咪，自己內心最柔弱的部分，還是會純真地展露。可見貓在很多人心中的地位，絕非其他動物可比擬。

但很抱歉，我還不全屬貓奴家族的成員。在回家的路上，遇到一隻街貓，我總有錯覺，彷彿在非洲草原遇到落單的獅子。第一個想問的還是，你是跑單幫的，還是集團的成員？

我這樣定定地看著，觀察街貓的形容，希望還有再見面

的機會。不只是意外撞見，還期待看到牠的多樣行徑。就好像邂逅一位遊民，不單是坐在街頭的角落，還想遇見他翻讀書報雜誌，或者跟友人一起分享食物。

長期在都市漫遊，定點拜訪幾個偏僻角落後，我摸索出一些觀察貓的心得。街貓的躲閃、狐疑和不安，時時提醒我，這座城市存在著兩種貓。貓從農村社會馴化到城市生活，跟我們一樣變成市民和遊民。很多人養貓，視如己出，但也有不少貓被遺棄，在外頭遊蕩。

當我們和家貓居住一起，不用任何言語，彼此撫觸都會衍生極大的安慰。貓和人的互動具有莫大的心靈療效，有時親密關係甚至超越家人。但我還是很難沉溺，只跟貓相處於一處密閉的空間，彷彿在外太空進行對話。

我總是回到另一現實狀況，想要關切城市街坊巷弄，那些惶惶於汙濁角落的街貓。平常牠們能吃到什麼食物，誰在

餵食，有無負起清潔的責任，或周遭環境是否適合。一家便利商店若販售的貓食特別多，我也會在近鄰的巷弄多繞一圈，看看附近是否為街貓集聚的重要場域。

街貓和遊民一樣，在街頭的日子過得相當艱苦。遊民很少跟我們一樣從容地持著咖啡杯，站在街上聊天、滑手機。不少人瑟縮著自己的艱苦，翻找著垃圾桶，不知下一餐在哪。街貓想必也有這種恐懼和壓力，經常貧瘦之形流露於外。是以，我完全理解，愛心人士固定餵食的考量。

因而，有時意外看到一隻貓，佇立屋頂，那是我在城市最喜歡看到的風景。

屋頂上的貓，絕非在覓食，也不是在尋找配偶。更不可能是蝙蝠俠佇立城市高點的孤獨和自負，想要肩負什麼責任。那是一種平凡的了然，知道自己在城市安身立命的位置。比較接近我們在某一個安靜的角落看書，暫時避開塵世

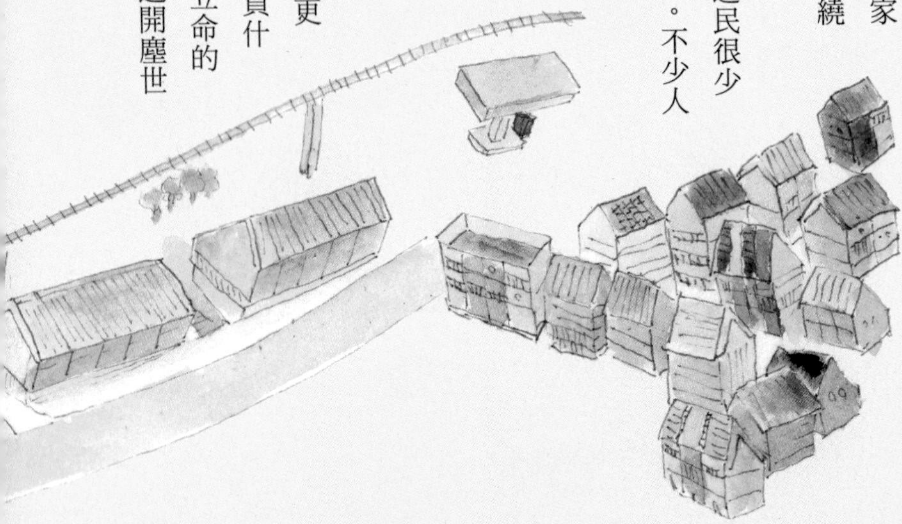

的喧囂。

那當下往往意味著，牠滿足於這個無所事事的時刻，而且正在盡情享受此一環境氛圍。至少有那麼一刻，不必汲汲謀生，毋須擔心食物。或者，絕無口炎、腎衰竭、貓愛滋之類的疾病纏身。

牠駐足愈久愈教人感動，甚而在那個位置趴下，翻露肚皮、舔毛都好。人在城市生活，有時追求的，未嘗不是此等從容。這個畫面，過去在農村、小鎮的環境，經常有機會看到，在城市卻愈來愈不容易。

讓一隻街貓飽足，充滿安全感時，我們便常能看到，站在屋頂上這樣美麗的風景。不管家貓、街貓，如此望遠的街貓，我當然希望，每一座城市都能邂逅。

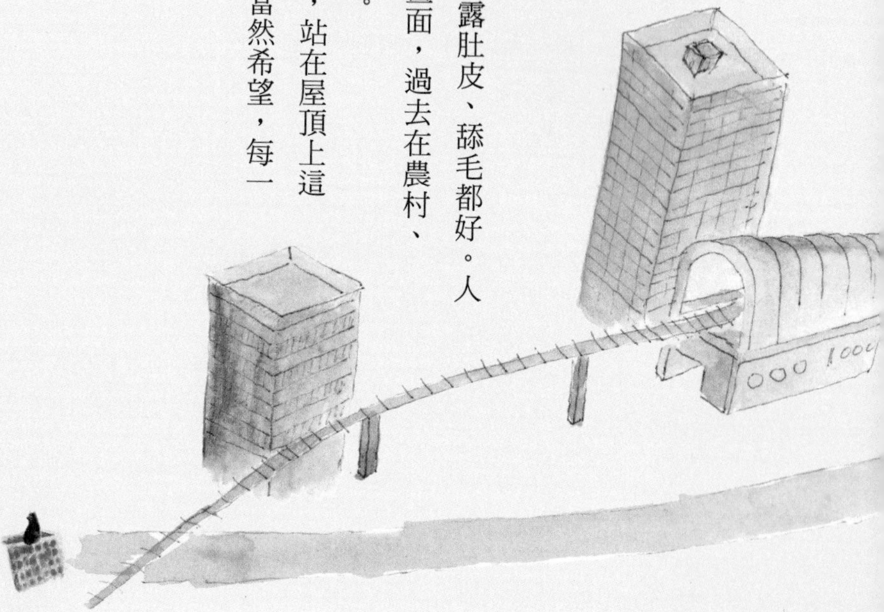

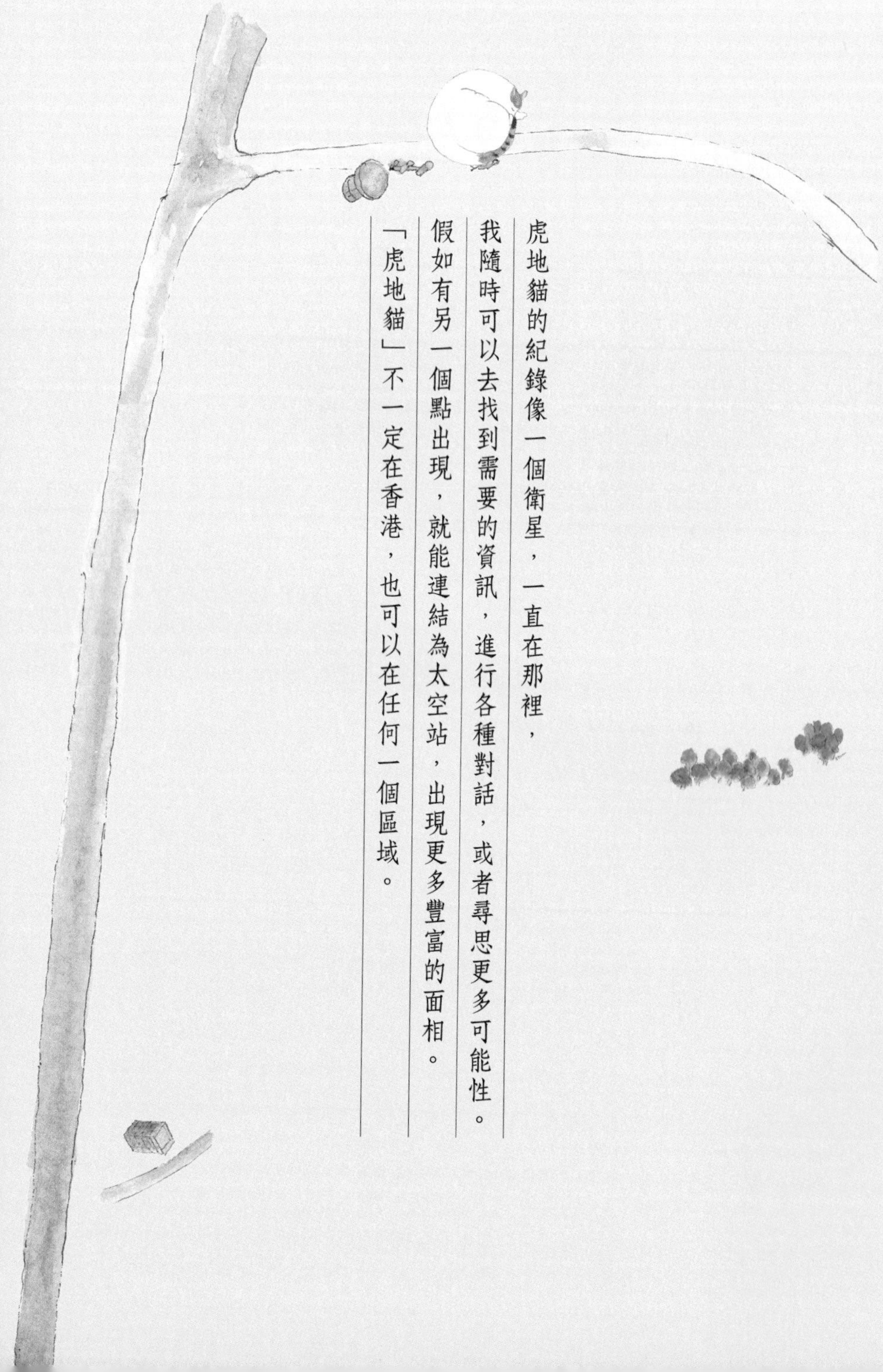

虎地貓的紀錄像一個衛星，一直在那裡，

我隨時可以去找到需要的資訊，進行各種對話，或者尋思更多可能性。

假如有另一個點出現，就能連結為太空站，出現更多豐富的面相。

「虎地貓」不一定在香港，也可以在任何一個區域。

開場

尋找一個貓之國度

十多年來，我始終在尋找，一處可以和街貓對話的理想環境。尋尋覓覓多回，未料到，最後竟是在一處遙遠的異地，找到這一心目中的家園。遇見時，還是一大群。更有趣的是，那裡就叫虎地。

虎地之名，根據長時居住在那兒的鄉民口述，原先應該是爛泥的環境。以前放眼望去，荒煙蔓草的景象為多，遂稱為糊地。後來因為城鎮開發，為討吉祥，才改名為虎地，並非過去真有老虎。晚近又以同音，取名富泰，期盼它日後繁華。

貓者，小虎也。數年前，我受邀到此間的嶺南大學駐校，從冬日待到夏初。原本欲藉此

嶺大的貓意外打亂了我的田野踏查計畫，進而一窺街貓的堂奧。

機會摸索該地山區，完成自己在香港山野徒步的最後拼圖。不意，才一星期，校園裡密集的街貓棲息，打亂了我的踏查初衷。

嶺大是一處封閉的環境，前有開闊公路，背後緊靠香港最為荒涼、乾旱的山區。相較於旺角、金鐘、銅鑼灣等地，這兒根本就是香港的鄉野。若以台灣對照，有點像台北與平溪、雙溪的關係，距離也差不多。加上校園清淨，因而成為家貓丟棄的天堂。

當一隻貓搖首擺尾走過我眼前，還是慵懶地趴躺於草地，抑或集體豎尾前來討食，我總是禁不住誘引，停下腳步。想多花些時間，跟牠們做出長時而深邃的凝望。才去不到三四天，經過多回的校園走逛，我心裡已打算長時記錄。

過去，每到任何地點旅居，我習慣以自然觀察的角度，記錄各類物種的心得。校園裡的街貓多數係被人豢養照顧一陣後，再丟棄。我視牠們為都會化的野生動物，跟自然仍有一段距離，回不到那最原本的社會。牠們繼續和人保持一緊密的連結，但某一程度又疏離了。

原本閒散地記錄，筆記四五天後，我便發現此一微妙的狀態。不同街貓各有生活型態，經由簡單數據的分析，總會透露有趣的訊息。當數據累積豐厚，釋放更多訊息時，我轉而積極起來，想把這段旅居，記述為生活裡不可或缺的經驗，一窺街貓的堂奧。

我想觀察牠們如何在野外捕食，跟同伴互動，以及占領生活地盤。在台灣的鄉鎮，我青

愛貓人士在嶺大校園的固定地點放置飼料。

愛貓人士設置的貓窩。

嶺大有愛貓的社團。

睞過好幾個定點，卻常因人為干擾，或者遇到環境的劇烈變遷而失敗。這回因駐校，在大學校園密閉的環境，意外撞見這一理想中美好的貓之國度，無疑是旅居最大的收穫。

嶺大愛貓的人很多，固定照顧的也不少。走在校園，我毋須鬼鬼祟祟，更不用擔心，遭人誤以為行徑怪異。或者藉由固定的餵食動作，吸引街貓的到來。一個人不斷徘徊走廊，或者持個相機蹲伏、趴臥，大家都可理解。我因而能長時守候一地，多個角度觀察。我的關心可以集中於其他途徑，讓更多人認識街貓尚未為人知的特性。

此處既是虎地，我後來遂將校園的街貓，泛稱為虎地貓，做為跟其他街貓的區別。

我寄居的教師宿舍，位於校園南邊角落。教學的研究室，則遠在校園北邊馬路外。每天清晨，在宿舍用完早餐，我習慣走路到研究室讀書和寫作。

這段路程首先會翻越一座小山，我取名為雙峰山。再經過一座中式庭園，接著是廣場和現代花園，最後繞過游泳池，越過馬路到另一校區。

此段路，散步的直線距離約八九分鐘。但為了觀看虎地貓，我改採Z字型繞路。有時會繞雙峰山一圈，下了一個叫龜塘的小水池，再走進中式庭園徘徊。緊接，穿越廣場到現代花園駐足。每次我都要觀看好幾十隻，或者注意某幾隻最新的狀況，避免錯失對每隻貓進一步認識的機會。

中式庭園

龜塘環境

雙峰山北峰

現代花園

永安廣場

雙峰山乃一海拔不到五十公尺的小山，南北各有一平緩的圓峰，各自佇立高大青翠的林木。南峰海拔略高，樹林間有一隱蔽房舍，嶺大校長住在那兒。北峰則有一中式涼亭，學生很少上去，倒是常有貓隻趴臥。

中式庭園簡稱余園，中間有一大面積的池塘，放養了諸多錦鯉，旁邊多假山亂石的園藝造景，形成複雜錯落的環境，虎地貓集聚最多。廣場正對嶺大校門，名為永安，乃一開闊磁磚地面，對貓猶如沙漠。過了此即現代花園，乍看有些希臘殿堂的開闊和透視空間。而再過去，一道人行迴廊之後有座高大的水泥牆，牆後就是寬廣的游泳池。對虎地貓簡直就是海洋，活動領域的邊界了。

等認識的虎地貓愈來愈多，而且都有些熟稔後，我從宿舍出發，抵達研究室的時間愈拉愈長。沒多久，原本半小時的路程，經常要花上兩三個鐘頭。有時，為了一樁意外的插曲，我的行程便耽擱，甚而拖到中午才抵達。更有一些突發狀況，未過半途，因為中午到了，不得不再折返家裡用餐。

譬如，有隻貓可能瀕臨死亡，又或者出現一隻新來的小貓。這些都讓我的走路生變，耽擱了許多應該完成的寫作計畫。只是那天若剛好有其他外務或教學，無法長時觀貓，我難免又喃喃哀怨，自己的人生為何被這些貓所羈絆。

嶺大校園裡四處棲息的貓經常耽擱我的行程，羈絆我的心情。

偏偏，我又習慣一天走過三回，觀貓時間自是愈拉愈長，最後疲於奔命。基本上，早晚貓群用餐的時間，我都要出巡，此時常有愛貓人士現身。多半是學校一般的行政職員，但愛心滿滿。另一回巡視，有時選擇中午，有時在深夜。半夜時，學生們若在校園來去，看到我這等老師仍在長廊徘徊，便不足為奇。

我不只在外頭辛苦，研究室也貼滿貓的照片，貓群的分布地圖，以及流動狀況。駐校時，虎地貓初估有七十隻左右。兩年前，據說校園曾高達兩百多隻，幾乎都是外頭棄養，放逐到嶺大。後來經過學校的呼籲以及管理，控制到目前的穩定數量。

光是七十幾隻，我已覺得密集，到處有貓隻走動的身影。很難想像，過去兩百多隻帶來的麻煩，一來生活環境擁擠，容易製造髒亂。更害怕，若有一隻患病，可能帶來嚴重的傳染。所幸，學校行政單位還容許學生照顧，進而當作生命教育的一環。校園也非商業環境，空間清幽，例假日或有賞貓的遊客，但都是零星到來，並未形成像台灣猴硐般，湧進大量看貓的人潮。人為干擾減少了，貓的生活便安靜許多。

旅居四個多月的時間裡，每天為了要記錄龐雜的觀察心得，敘述每隻貓的習性和棲息位置。我不得不幫常見的貓個別取名，以便長期追蹤，同時以數字累積，做為行為的分析。初時，以為只要取個六七隻即好，後來發現貓隻的關係頗繁複，為了便於區別，愈取愈多，沒

為了追蹤記錄，我開始幫貓取名，最後數量高達五十多隻。

想到最後竟高達五十餘隻。有的未取名也知曉，總體說來，全校的貓都識得了。

這麼多貓，觀察時勢必出現不少困擾，還好現在有數位相機輔助。我隨身攜帶，每天拍攝眾貓的行徑。回家時，再利用影像比對，辨認街貓的特徵，判讀一些現場無法理解的行徑。

四年前，我還未旅居時，有一名女學生慧珊已在校觀察多時。我離開嶺大返台，她和另一位同學嘉晴仍繼續進行。她們不時拍照，錄影和追蹤，提供不少有趣的線索。後來我又回去兩趟，探看貓群。四年下來，變化雖大，有不少隻仍繼續存活。

透過大量照片的整理，仔細觀察貓的表情、身體狀況，我獲益甚多。有些在現場還不一定能發掘的行徑，經過反覆比對，常有驚奇的領悟，或者更細膩地了解牠們之間的地位，以及一些微小動作的含意。

當然，最主要的還是一群群虎地貓之間的關係。走訪兩星期後，我大致將走過的區域劃分為十個幫派，也約略能釐清牠們的互動，以及每個幫派集團裡，每隻貓的階級地位。

虎地貓各個幫派的形成，跟食物的取得有緊密關聯，次則為地理環境。若沒人固定餵食，縱使這樣寬廣的環境，都不可能形成龐大的族群，進而囿於一個小區域生活。一般鄉野若有學校的面積，頂多只有四五隻流浪街貓，分據不同領域。還不足一隻野生石虎（香港稱豹貓）的棲息空間。初時，校園裡有人關心這些丟棄的街貓，不斷餵食下，日後才會導致貓隻數量

有一些虎地貓關係緊密，形成集團度日。

逐漸繁多，最後形成幫派集團，占據各個空間。

街貓常因巷弄阻隔，影響了生活習慣和領域。虎地貓多集聚在校園，地理環境也成為重要因由。林木不少的雙峰山，明顯是一個自然分界點。廣場則像沙漠的橫隔，兩端的貓群較少互動。但有的環境標的並非那麼明顯，譬如現代花園裡有兩支幫派，但牠們彼此仍有一條不明顯的界線，生活在此一範圍的虎地貓都相當清楚。我們若長期觀察，大致也能劃出這條看不見的疆界。

大體說來，虎地貓的行徑介於熟知的家貓和街貓間，既有街貓的野性，又有家貓的親近性格。面對牠們，難以產生寵愛的浪漫想像。半野性狀態下，少有虎地貓會靠近人，發出戀人絮語般的咕嚕聲，或是蹭著你來去，展現若即若離的魅力。

人和貓的關係再度拉遠，但也非倒退回過去，反而是轉化。貓不再是家人，比較像都市遊民。牠閒散活著，彷彿百無聊賴，但也有少數，努力追求新的存活情境。牠們不盡然是我們認識的街貓，而是被遺棄在一個閉鎖的空間，彷彿在一個隔絕的星球，自成一體系，摸索著一個新的生活可能。

虎地貓之間因為過於緊密的生活，卻又那麼戶外環境，因而產生了不少我未在其他街貓身上發現的行為。在後續個別的貓隻介紹裡，我將逐一描述那特質。

貓食則是我觀察時，另一擔憂的問題，卻始終未浮出檯面。一群街貓被定點大量長期餵養，不管在世界哪裡，尤其是所謂貓之觀光景點，飼料的來源恐怕得詳加檢視。

以前，看到街頭小貓無人照料，我都不忍心，繞進超市去買貓飼料。餵養久了，不免順勢觀察。我注意到，一般超市和便利商店販售的貓飼料，價錢和品質差別甚多。在亞洲地區，多數寵物飼料以國外進口來源為主。

以虎地貓為例，由於數量眾多，餵養需要量大。愛貓人士捐錢買這類飼料，多半是大袋

紙盒盛裝的乾飼料最常見。

偶有牛奶提供。

大量添購，囤積於學校儲藏室。每早，只見警衛或校工拎著一桶桶，分批送到校園每一區的固定位置。

儘管愛心洋溢，這些飼料的成分不一定適合每隻貓，還有保存方式或添加物是否安全等等問題，若要關注周到，恐怕力有未逮。大家只能盡量餵食，生怕牠們餓著，間或疏忽了，牠們長期食用乾飼料，可能容易引發某些疾病。我雖未統計，但隱隱感覺，嶺大的病貓明顯多了一點。台灣的猴硐貓隻更多，病貓愈發嚴重。食物不良，過度集聚都是問題所在。有時看到，一些師生餵食剛剛買的新鮮食物，我反而感到寬心。

除了七十幾隻貓外，虎地有好幾種動物的棲息值得介紹，進而描述牠們和貓間的關係。校園不遠外有野豬曾經闖過，也有松鼠在校園東側的雜木林活動。我相信附近的山區還有不少蛇，有陣子上山去巡查，看過好幾回。但這些跟虎地貓群，應該少有交集。

我們平常想到，跟貓最有接觸機會的應該是老鼠，但我可以確切地保證，校園應該是最少老鼠的地方。至少，我不曾見過一隻。虎地上村有一群人家飼養的狗，到處亂跑，約莫五六隻，但也不可能跑進校園，因為學校管制相當嚴格。

大抵說來，校園裡的老大就是貓。天空偶爾有一兩隻麻鷹盤旋，但毫無影響。大家都認為貓是都會郊野最厲害的獵人，只是虎地貓似乎難以展現身手。這兒最常引發牠們興趣的是鳥類。

體型肥大，走路看似笨拙的珠頸鳩，虎地貓們最想獵捕。遠看時牠的行動如鴿子般緩慢，拍翅亦不快。相較其他小型鳥類，我若是貓也會選擇捉牠們。只要珠鵛鳩降落草地，貓們隨時都會睜大眼睛，蹲伏潛進。有時兩隻三隻貓從不同方向，試圖分進合擊，準備偷襲。但珠頸鳩再怎麼愚笨，虎地貓還是難以捕捉。牠們早在虎地貓欺近前，拍翅遠離。

只有一回，一隻珠頸鳩拍撲掠過廣場。雖是低空掠過，一隻中式庭園的虎地貓，自大岩石上跳起，試圖半空中撲擊。儘管失敗了，相信那隻珠頸鳩一定驚恐不已。

春天繁殖期時，白頰紅鵯特愛爭吵，經常相互纏鬥到掉落地面。不少街貓會隱伏靜觀，伺機突襲。時機對了，便迅速衝過來試圖捕捉。但此種鳥何等機伶，牠們想要逮著的機會也微乎其微。

香港常見的鵲鴝，校園也常出現。這種聰明如八哥的鳥種，貓看到了，都當作不存在。牠們若去追捕，只會被逗弄。後來我發現，麻雀甚少看見，但越過一條大路，離開校園的環境，街上不乏紀錄。我嚴重懷疑，麻雀們視這兒為禁區。

雖說鳥類不易捕捉，貓們還是會不斷地嘗試。那心境好像我們在街上，玩夾娃娃的機器。每次投入十元，都有一回夾起布偶的機會。雖說屢屢失敗，但因為錢花得少，總要試看看。

我雖未看過虎地貓獵鳥成功，但相信總有逮著的時候。又或者，牠運氣極佳，剛好遇到生病或瘦弱不良飛行的鳥，掉落地面。

捉鳥不易，但捕魚似乎較有機會。中式庭園的池塘旁，常有貓嘗試捕捉錦鯉。成功的機率或許不高，不小心還會摔進池塘。有時卻看到岸邊，出現完整的魚骨頭。另外有一小池集聚了烏龜，虎地貓也甚感興趣。但烏龜何其機伶，不要看牠們平時走路緩慢，躲避時速度之快，常讓貓望水興嘆。

虎地貓什麼都要挑釁，甚至獵捕，但校園裡有兩種動作緩慢的小動物，牠們始終不敢掠其鋒，分別是黑眶蟾蜍和亞洲錦蛙。

二月起，黑眶蟾蜍開始交配繁殖，校園的溝渠和水塘裡廣泛分布著這種眼睛有細微黑眶的癩蝦蟆。此時，雄蛙慣常發出鳴亮的「咯、咯、咯、咯……」的求偶叫聲，雄蛙緊抱雌蛙的情景也到處可見。牠們和幼年期時的蝌蚪都有毒性，虎地貓甚是清楚，根本不會去碰觸。

我看到蟾蜍在草地上緩緩跳動，虎地貓雖會過來探視，但連撥弄似乎都不敢。以前，在台灣看過一兩回經驗生嫩的貓隻試圖咬蟾蜍，結果旋即暈倒，過好一陣才醒來。這情形還算好的，我聽說還有些中了蟾蜍的毒液，當下就死亡。我想虎地貓們都會傳授這種訊息，再怎麼好奇，什麼都可騷擾，就是蟾蜍碰不得。

四月以後換成叫聲宏亮的亞洲錦蛙。此蛙乃狹口蛙家族，長相呈三角形。天黑之後，鳴叫可吵翻整個校園。亞洲錦蛙不僅聲音宏亮，還懂得爬樹，藏身於樹洞中。更善於挖掘，利用足部挖洞，僅需數秒鐘即可將身體埋入土中。如今在台灣也出現，成為麻煩的外來種。

在香港，牠們可是本地尋常物種。受刺激時，往往會鼓氣，甚至分泌白色毒液，因此幾無天敵。至少虎地貓都不敢接近，任其從容跳過，甚至避開。

基本上，虎地貓並未脫離跟人的依存情感，只是回到半自然的環境。因為距離稍微拉遠

巴西龜

黑眶蟾蜍

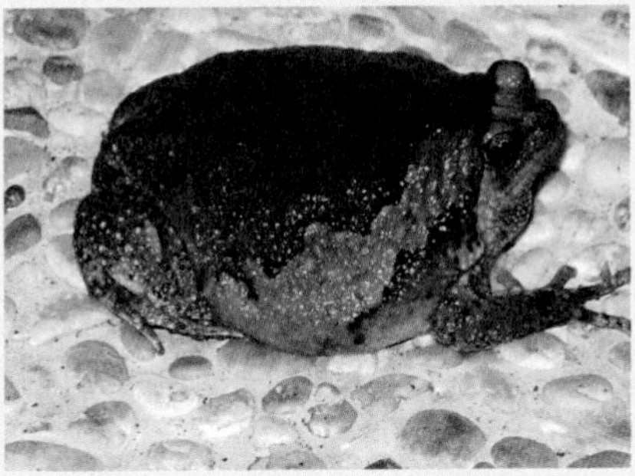

亞洲錦蛙

了，發展出奇怪的生活型態，我不知如何形容。有一部分核心成員，諸如余園和龜塘的貓隻，或許是比較接近紫禁城太監們，那樣老態龍鍾型態的生活吧！同時，因為太依賴人類的餵食，卻缺乏悉心照顧，背後彷彿隱藏著某些陰影。

我一直以為，牠們更瀕近與死亡為伍。一個看是美好無憂的生活環境，或許不會有食物供給的問題，但因為族群密集，某些疾病和食安的風險，始終是潛伏的巨大威脅。

但又有一派虎地貓，彷彿江湖浪人，到處遊走，不願意死守一個環境。雖說數目較少，卻把貓的獨特性，帶出另一個極致。彷彿連結著古老時代。過往野貓的習性，仍在牠們身上隱隱躍動。

過去我對家貓的美好想像，恐怕也都要推翻。好像要回到非寵物的某一個階段，而不是繼續以人和貓之間的依存關係認知。牠們和我們不再是那既疏離又親密的關係。更不是看透你的靈魂，那樣的靈性動物。牠們把自然又帶回來，把我們的情感退還。

長時觀察虎地貓後，我將牠們區分為兩大類型，一種是跑單幫的，另一種屬於幫派集團。這些小虎們擁有各自的生存策略，還有努力爭取地盤的生活方式。

虎地貓各自有生存的策略。

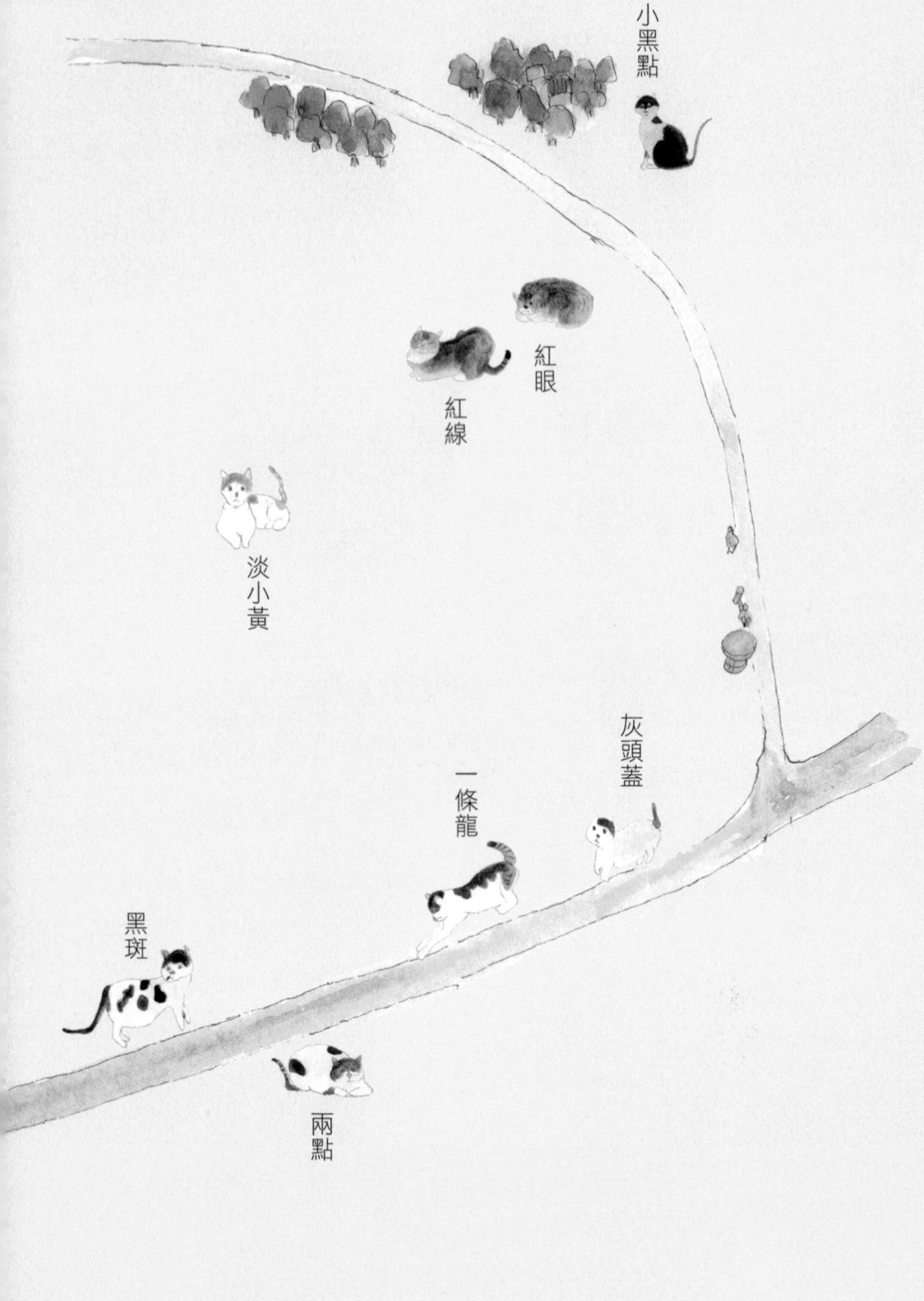
小黑點
紅眼
紅線
淡小黃
灰頭蓋
一條龍
黑斑
兩點

虎地貓成員

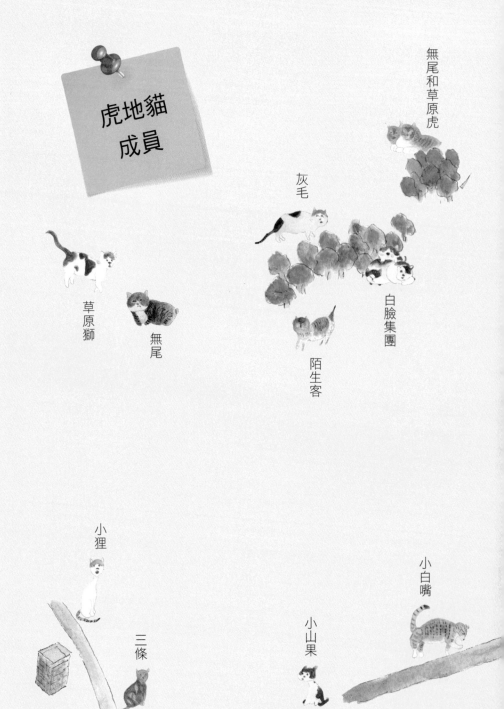

南舍
一條龍
大草原
上草原
下草原
教師宿舍
淨水廠
（濾水廠）
三塊
三條
草原虎
草原獅
黑斑
無尾
兩點
校長家
路
南峰
小狸
北峰
雙峰山
中式
庭園
龜塘幫
小山果
紅眼
龜塘
行政大樓
南大學校門
N

虎地貓分布圖

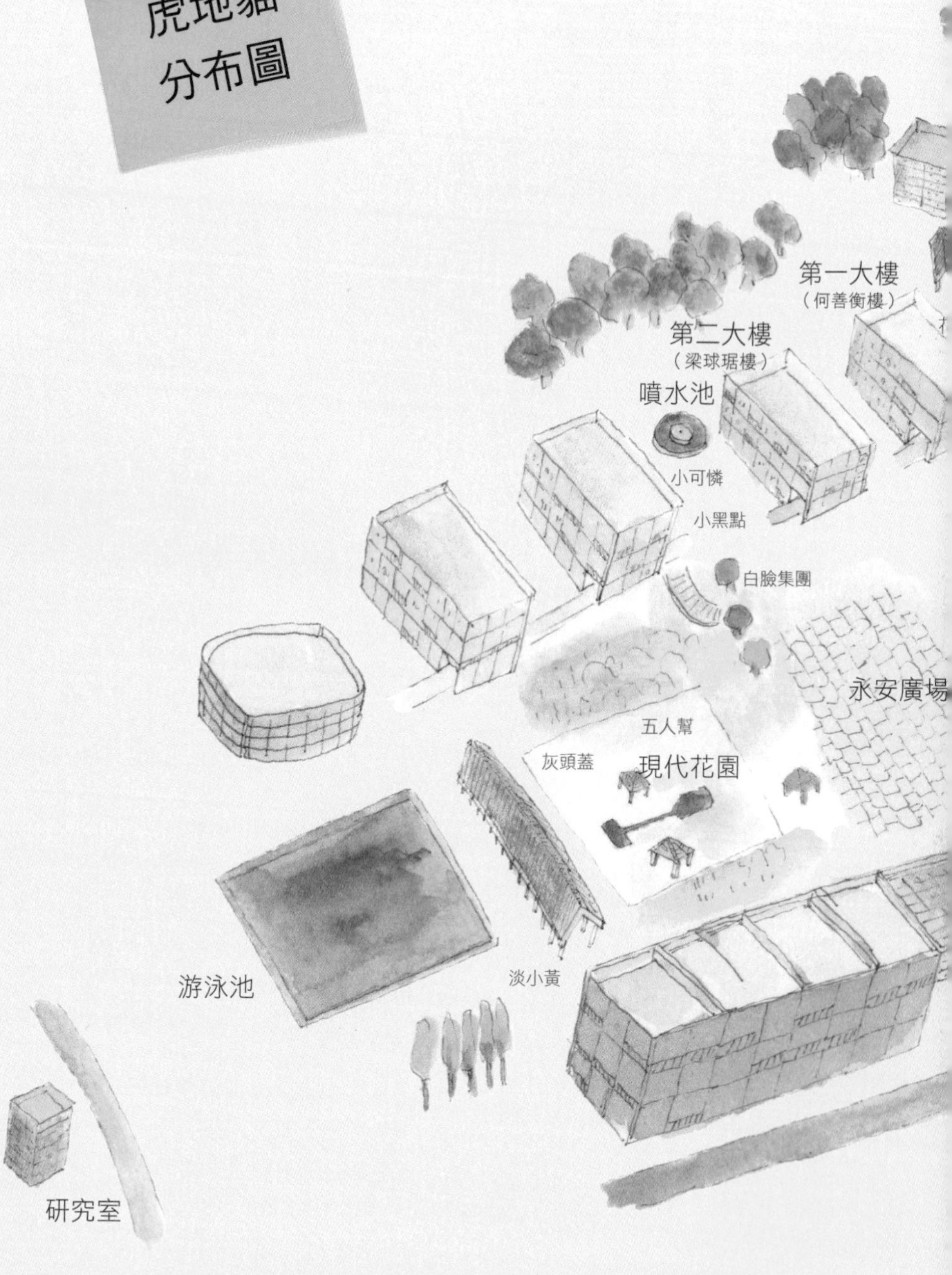
第一大樓
（何善衡樓）
第二大樓
（梁球琚樓）
噴水池
小可憐
小黑點
白臉集團
永安廣場
五人幫
灰頭蓋
現代花園
游泳池
淡小黃
研究室

角頭老大

一條龍

公貓一條龍，背部擁有三塊面積不小的黑斑。因為連結一塊，乍看彷彿套著一件緊身黑夾克，胸肌隱隱展露。粗壯的尾巴更偏愛不時高昂豎起，儼然象徵著權勢的手杖。不論行走在曠野，或者接近集團領域，牠總是如此高調出現。

虎地貓多數都已結紮，並接受餵養，最後倚靠不同的集團，集聚一起生活。未結紮的牠獨來獨往，長距離走動著，既不靠行，亦不同棲。

有時在遼闊的草原，只見牠大步走著，空無一貓，情景甚是蒼茫。但也是這等空曠之情境，我才重新感受什麼是真正的貓科動物。或者，過去在鄉野遇見野貓的倨傲和孤僻，終於在其身上具體感受。

貓的形單影隻也有類別，但牠絕對是強勢的孤獨者。強勢更意味著，掌握的領域面積廣

一條龍背部的斑紋很有個性。

大。幾個月長期觀察下來，從出現的位置比對，我發現，牠是虎地貓裡領域最為遼闊的。

根據哺乳類學者的野外調查，一般野貓的領域約莫有一公里方圓，甚至更大一些。七十多隻虎地貓裡，泰半緊守在籃球場大小的方圓，在裡面的空間上下鑽探。多數虎地貓更因食物豐裕的關係，不僅縮小棲息範圍，也能容忍其他虎地貓一起生活，接受彼此的領域重疊，相互倚賴。

在貓隻稠密的校園，一條龍竟擁有接近一個半足球場的領域，可見其霸氣。有些貓或許也能來去多個地方，而且橫跨近一公里，但像牠這樣走到哪裡，都儼然如角頭老大的我行我素，委實不多見。

一條龍漫遊的勢力範圍除了大草原，還涵蓋雙峰山的林子。校園之外，過了馬路，有一龐大淨水廠環境。虎地貓罕見到來，唯一條龍出沒如家宅後院。其他貓都守在小小的領域裡，很少在校園到處奔逛，更遑論會越過馬路。一條龍為何能居於高階地位，絕對與此有關。

一條龍顯然也未受食物支配，乖乖地屈從於飼料放置的角落。或者受到食物的牽引，到了餵食時間便固定出現。有時，大家結束進食，牠才從大老遠的草原或郊野林子冒出。翻山越嶺，抵達食物放置的地點，快速吃完便離去。其他貓養成依賴，吃飽了，乾脆就在附近棲息，方便下回的進食。如是慣習，明顯受到食物的制約，不知不覺淪為集團的一員。來去如風的一條龍，明顯在此一體制外。

如果沒有食物的供給，貓集團會散去，數量也會銳減，只有少數的貓會存活下來。在尋常的城市郊野，多數街貓像一條龍般活著。但在嶺大師生們的定期餵食，呵護照顧下，虎地貓不虞食物匱乏。集團裡的貓非但吃得肥胖，縮小活動區域，更因缺乏運動，多數行動略嫌遲鈍。

一條龍除了難以掌握行蹤，更有獨一無二的行徑。牠喜歡一邊走路，一邊嚎叫。那叫聲粗啞囂張，儼然如領域的宣示般，或是告知著自己的到來。至少在春天時，牠走到哪，便叫到哪。此一怪異喵聲，充滿挑釁的驕傲感，超越了我所認知的貓叫行為。

教師宿舍後頭的空曠草地，臨時堆置許多廢棄的木料和鐵桶。有陣子，夜深時那兒固定會傳來牠的大聲喧嚷，我因而不難發現牠的出沒。透過這一囂張叫喊，更確信牠擁有相當高階的地位。

暑夏的燠熱到來前，一條龍幾乎是邊走路邊嚎嗥，多數虎地貓都懼牠三分。肚子餓了時，一條龍最常出現的覓食區，大抵在雙峰山西側的小水池。那兒約莫有十多隻巴西龜棲息，因而被學生戲稱為龜塘。龜塘幫的貓幾乎都吃過牠的虧，什麼灰毛、半白和紅耳等，都被牠威嚇或攻擊過。

每次一條龍經過，集團的成員看似悠閒地趴著，眼神都不約而同朝牠的方向緊盯，不斷投以畏懼的目光。就怕一不小心，讓牠挨近身邊，展開無情地攻擊。牠們總要確定一條龍遠離，才會安心地繼續自己的活動。

偏偏一條龍常變化路線，無預警地從南峰西側走下。有好幾回，忽然便佇立在龜塘幫面前。牠們若在休息，常措手不及。只能繃緊神經，完全不敢造次。接下，轉而專心地看著一條龍的動作。懦弱者更嚇得弓背彎腰，縮皮豎毛，隨時準備逃命。

一條龍也很講氣魄，一旦決定修理對手，絕不會隨便偷襲，而是緊盯著對手仔細打量。一邊搖起粗尾，彷彿揮著權勢的手杖，晃著晃著，充滿強大的恐嚇。那種不懷好意，好像是在責怪，「你怎麼會在此？」「這是你可以隨便來的嗎？」

角頭老大在你家隨便翻東擾西，大概便是如此，而你卻噤聲不語。若是其他虎地貓，都不致如此狂妄。萬一真有誤闖進來的，勢必也會遭到龜塘幫的威嚇。

一條龍攻擊對手的方式更是粗暴，通常不到十幾秒便無情地展開。牠會先以假動作挑釁，端看對方反應。多數虎地貓會害怕而奔跑離去，此時牠再從後驅趕。但有時，牠真會伸爪，蠻橫地向對方劃過。緊接著聽到，其他貓發出淒厲哀嚎的慘叫聲，快速逃離現場。

一隻貓會讓對方害怕到這樣的驚恐，顯見牠真的兇悍至極，或者在攻擊對手時絕不留

一條龍（左前）行經龜塘時，龜塘幫成員皆繃緊神經。

一條龍的尾巴粗壯。

情。龜塘幫成員對牠如此卑躬屈膝，想必都嘗過一條龍的教訓。

所幸一條龍只是快速地威嚇，當對方害怕地離去時，牠便鬆手，逕自在原地翻滾休息，十足無賴而頑皮。一條龍也非每回都脾氣暴躁，非得欺負其他貓。假如吃飽，牠也偏好就地休息。

牠會生氣，多半在空腹時，其他貓又不小心，剛巧橫擋在牠眼前，或者倒楣地剛好躺在牠即將走過的路上。龜塘幫最大的隱憂和威脅，彷彿只來自一條龍。

不在龜塘幫的區域活動時，一條龍當然還有其他棲息的位置，而且不時改變。此時，一條龍的視野更大，每天好像都要忙著巡行一回。牠所行經之處，只有少數貓不怕牠。

譬如母貓黑斑，也是跑單幫的成員。牠的領域跟一條龍接近，只是未跨出校園。有回凌晨，黑斑趴在南峰草地，聽到一條龍的叫聲並不為所動。我隱隱感覺，兩者間有一彼此尊重，互不干擾的關係。

還有大嘴，乃中式庭園眾貓地位最高的一隻。有回牠和一條龍在北峰撞見，兩者相敬如賓，各自趴臥在階梯休息，保持一段距離。但大嘴會不自覺地轉頭，觀察一條龍在做什麼，顯見對牠沒安全感。一條龍則自在地翻滾著。

一條龍若有朋友，應該是公貓三塊了。這隻毛色混雜的三花貓，皮毛不整，看來相當羸

大嘴（下）和一條龍（上）保持距離，各自休息。

一條龍接近三塊。

三塊是一條龍的朋友。

弱，彷彿有腎衰竭之前兆。牠經常在大草原趴躺，有時到南峰附近。

兩隻貓相遇時，一條龍勉強接受牠，並臥在不遠處，但還是有點距離。我想三塊一定跟牠是舊識。但三塊不屬於龜塘幫，多半和三叉路的貓聚面。

最常遭一條龍修理的，應該是三條。牠是跑單幫的，偶爾接近龜塘幫，跟牠們一起等候食物的到來。但多數時候獨自行動，常跑到教師宿舍後院。

偏偏一條龍每天總會去三四回，在一些木板堆疊的地方休息，或者過夜，那兒彷彿才是牠的別墅。有陣子三條也在此蹓躂，但時常遭到一條龍的干擾或者攻擊。

我剛好從樓上眺望整個過程。初時，三條採取躲閃的方式。聽到一條龍的喵叫接近，確定其方向後，都會悄然地從另一頭溜走，盡量不與牠碰頭。

等日子久了，三條膽子放大。有回早晨，我看到牠逐漸接近，在離一條龍兩公尺外，跳上一座大鐵桶，觀察一條龍的動靜。一條龍在酣睡，未理睬牠。三條才敢安心趴躺。中途，一條龍醒來，張腿伸懶腰，三條也跟著緊張地醒來。一條龍睡眼惺忪地繼續酣睡，三條也再次慢慢地蹲伏，頭仍朝一條龍的方向注視。

但這次的互動是例外，一條龍還是未接受牠的存在。有次，三條躲進木架洞裡休息，再次遭到牠無緣無故地挑釁。一條龍從木堆上端，不斷地以爪子挑逗三條。三條緊張地以爪子回擋，怕牠闖進洞裡。一條龍玩累，直接在上頭趴睡。過了一陣，再走到另一角。許久後，三條悻悻然地夾尾，快速離去。

一條龍在校園裡總是避人遠遠，保持高度警戒。牠的領域涵蓋了淨水廠，此一能力委實不易。那是學校最南端，必須跨過一條寬度十公尺左右的馬路。馬路旁邊有家廢棄物工廠，每日有砂石車吵雜進出。附近還養了五六隻狗，從不繫鍊子。任何貓現身馬路，都會被追逐噬咬。一條龍想必熟諳這些狗的習性，才能輕易地出入，避開此一每天都可能出現的危險。這兒也是其他貓較為忌諱的地帶。

談及一條龍的領域，更非得談牠經常走過的大草原。此區，約莫足球場大，分上下兩塊。一條龍主要在下草原出沒，上草原較少前往。上草原屬於三叉路草原幫和花叢幫貓隻活動的區域，牠還不致於如此囂張。有回，牠在那兒吃飼料，明顯地小心翼翼，似乎透露了此一端倪。

一條龍經過下草原時，常機警地沿著左右兩條水溝前進，而且是走在乾的溝渠裡面。溝渠如戰壕，我猜想貓們也懂得藉著水溝的凹陷，避免自己全身暴露。多數常在草原活動的貓都深諳此一常識，平時活動也在草原邊緣，沒有虎地貓敢明目張膽地橫越。

綜觀之，一條龍最具備流浪貓的性格。牠的體型中等，不像其他集團裡的貓往往過度肥

胖。走路充滿自信，沒什麼害怕。其他貓若離開自己熟悉的範圍，或者闖入陌生區域，總會畏首畏尾，狐疑著隨時將遭受攻擊。但一條龍老神在在，到哪裡似乎都可輕鬆地趴下，翻個身，打回滾。安然地小睡一陣，醒來後，梳梳皮毛，再喵叫著離去。

冬末時，牠不斷嗚叫，到了夏初，卻嘎然無聲。何以如此，原因很難斷定。但安靜後的牠一樣兇悍，繼續對其他貓不客氣。龜塘幫的貓群，繼續受其迫害，繼續在其突然冒出，高豎尾巴的陰影下生活。

一條龍為何不接受餵養，待在龜塘旁當大老，寧可繼續遊走各地辛苦奔波，大概就像人一樣，總有這類型，就是偏好四處晃蕩，不願意執守一方。但牠不是浪子，而是領域範圍寬廣的虎地大咖。更不是那種老是待一地，睡了醒來，舔撫自己，沒事又繼續睡去的貓。

一條龍具備探險和統治的性格，多數貓領域小，更不敢離開校園環境。牠總是要到處走走。唯有走很長的路，漫遊自己的領域，每天巡視那麼一回，才能安心和滿足。我猜，牠是山羊和白羊兩個星座的混合體。

一條龍我行我素，霸氣十足。

一條龍經常利用雙峰山的乾溝行動。

一條龍常半路停下來嚎叫。

一條龍（左上）和三條（右上）都喜歡盤據在教師宿舍後院的廢棄木板上。有天三條察覺一條龍回來，準備溜走。

一條龍登上最愛寶座，三條在外圍觀察情勢，牠繞路躍上鐵桶，小心注視一條龍。

一條龍

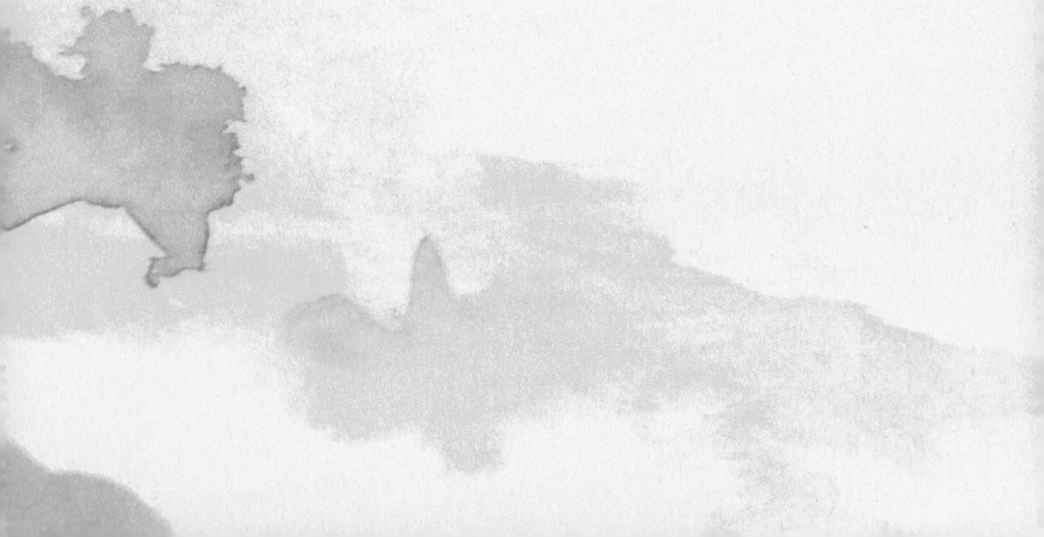

牠的長遠距離來去
還有君父般堅決的強勢
不僅是為了威嚇
還清楚地劃出自己守護的範圍

離群索居

兩點

冬末進駐校園，除了嚎叫的一條龍，兩點是最早吸引我注意的虎地貓。

每早從教師宿舍出門，我習慣沿馬路翻過雙峰山，走進校園的辦公大樓。才要走上山，兩點往往即趴在南峰山坡地。

那時牠已很瘦很瘦。好像挨餓了許久，一副沒有吃飽的形容，但還能緩慢走動。整個校園，到處都有愛貓人士供應的飼料，初時真不知牠為何如此羸弱。

遠遠眺望，牠衰竭髒汙的外貌，彷彿也歷盡風霜。兩塊身上的大黑斑，更像年代久遠的牆壁油漆逐漸褪色、剝落。白貓身上擁有黑斑者，校園裡並不少，不易分辨身分。但觀察久了，知其領域位置和個性，三四十公尺外望見，幾乎都可以判斷是誰。

兩點的眼睛最教人困惑，初時遇見還炯然發亮，但遇著沒一星期，彷彿看透人生，再怎

兩點的黑斑像掉漆。

初遇時兩點雙眼還發亮。

後來兩點眼睛常半開。

麼努力都只願意撐開一半。多數街貓瞇眼休息，一遇狀況，瞳孔隨即放大，展現機警避敵的眼神。甚而弓起背脊，準備應付即將發生的事情。我接近時，牠卻愛理不理，繼續放軟身子。那種沒力氣，隱隱然像要放棄全世界。

我更大的不安是，牠毫無伴侶，徹底地落單。

虎地貓多數都有夥伴關係，不管疏遠，泰半會結黨。十幾個小集團裡，像牠身子一樣萎靡的也有三四隻。但牠們彷彿有集團依靠，可以輕易獲得食物，繼續在掌握的領域裡生活。

兩點縱使出現在一個集團旁邊，明眼人都會察覺牠的格格不入。像兩點這樣不靠行，個別活動的又有好幾。譬如一條龍領域開闊，善於欺凌他貓。也有天性害羞，才恢復野性的。又或者，遭遇棄養，初來虎地，仍在摸索來日者。

兩點皆不是那樣的棲息狀態。牠彷彿老貓一隻，遊魂一具。在此生活好一陣，跟近鄰集團都有些交往。只是愈來愈瘦，連覓食都無精打采，便逐漸遠離團體。彷彿修道多時，要成仙了。

翻過雙峰山下坡後，有一三叉路。兩點有時會接近那兒吃點什麼，再折返我們初遇的南峰山坡。此地分屬草原幫和花叢幫。凡集團之形成，必因食物而起。又因地理環境，屬性不一。兩幫貓群常相互偎依，形成小圈圈，都不太搭理兩點。

兩點身形愈來愈消瘦。

後來有一回，在雙峰山西側，我再次遇見兩點。若從宿舍這邊翻過雙峰山，大約要走一百五十公尺。那一回，說不定是我認識牠以來，走得最遠的一回。

翻過山，山下有一水塘，集聚了六七隻龜塘幫的成員。水塘旁邊即行政大樓。行政人員沒事便出來餵食，牠們跟人群的關係最為穩固。早上六點多，校警固定在龜塘前的大樓廣場集合。貓們也零星靠攏，或趴或蹲，環繞龜塘，等待其中一位警衛取貓食餵養。

這名警衛跟貓也很熟。早晨集合時，他會順便準備飼料。儘管跟大家一樣身著藍色制服，貓們遠遠便認出他的身影，紛紛起身、豎尾，趨前表示友好。

兩點停留山腰靜候許久，等眾貓吃完，我以為牠會下山撿拾剩餘的食物。怎知，牠似乎感覺什麼無奈或絕望，反而孤獨地往回走。那轉身的背影，便愈加清瘦。我浪漫地想像，牠可能是此地的成員，回來做最後的探望。

後來，我最常碰見兩點的地點，還是宿舍出來的南峰東側，草地稀疏的斜坡。那時牠已不太走動，總是孤伶伶地趴在草叢中，長時間瞌睡。早上去時，趴著晒暖陽。下午時，仍在那兒，意興闌珊地閉眼，似乎沒什麼事比這樣的趴躺更重要。有時，暖冬如夏日，溫度拉高，才會移到陰涼的地方。

蝴蝶飛過眼前，貓們都會被挑動神經，極欲追捕。牠卻連好奇仰頭注視的樂趣都未展現。

兩點好像禪定於某一冥想世界，看什麼都是蝶，或看什麼蝶，都是自己。

東側斜坡並非牠專屬的領域，其他喜愛跑單幫的虎地貓，偶爾也經過。譬如一條龍，對牠根本視若無睹，彷彿此貓早已不存在。有回牠走過，我彷彿看到一位黑道老大，經過了化緣托缽的老僧旁。

對多數貓而言，我恐怕也是某一種壞人。雙峰山居高臨下，乃一充滿自然草木的野地。一個人若出現在這樣的環境，簡直像人持了獵槍走進來。貓絕無法忍受此一壓力，勢必早早離開。縱使我躡手躡腳，生怕吵到什麼，貓還是不領情。黑斑、三條或三塊皆如此。但兩點好像了然，不介意我接近，縱使僅剩咫尺之隔。

這些林林總總的情形，透露了某一現實訊息，剛好跟我的浪漫想像相反。兩點在此想必有一段時日，階級地位不低，只是喪失生活能力。也或許，牠正值壯年，但患了一個不明的病，因而日漸衰弱。

沒多久，我即明白，牠之所以如此消瘦，可能是得了腎衰竭。這是許多貓非常容易罹患的疾病。家貓若患了，還有機會帶去動物醫院控制病情。街貓在野外過活，多半缺乏照顧，只能聽天由命。運氣好的，或許病痛少一些。多數只會日益惡化，進而不治。

嶺大校園裡，七十多隻虎地貓裡，初見時統計，患有此病者約莫四五隻。有此病不見得

兩點孤伶伶地趴在南峰東側草木稀疏的斜坡上。

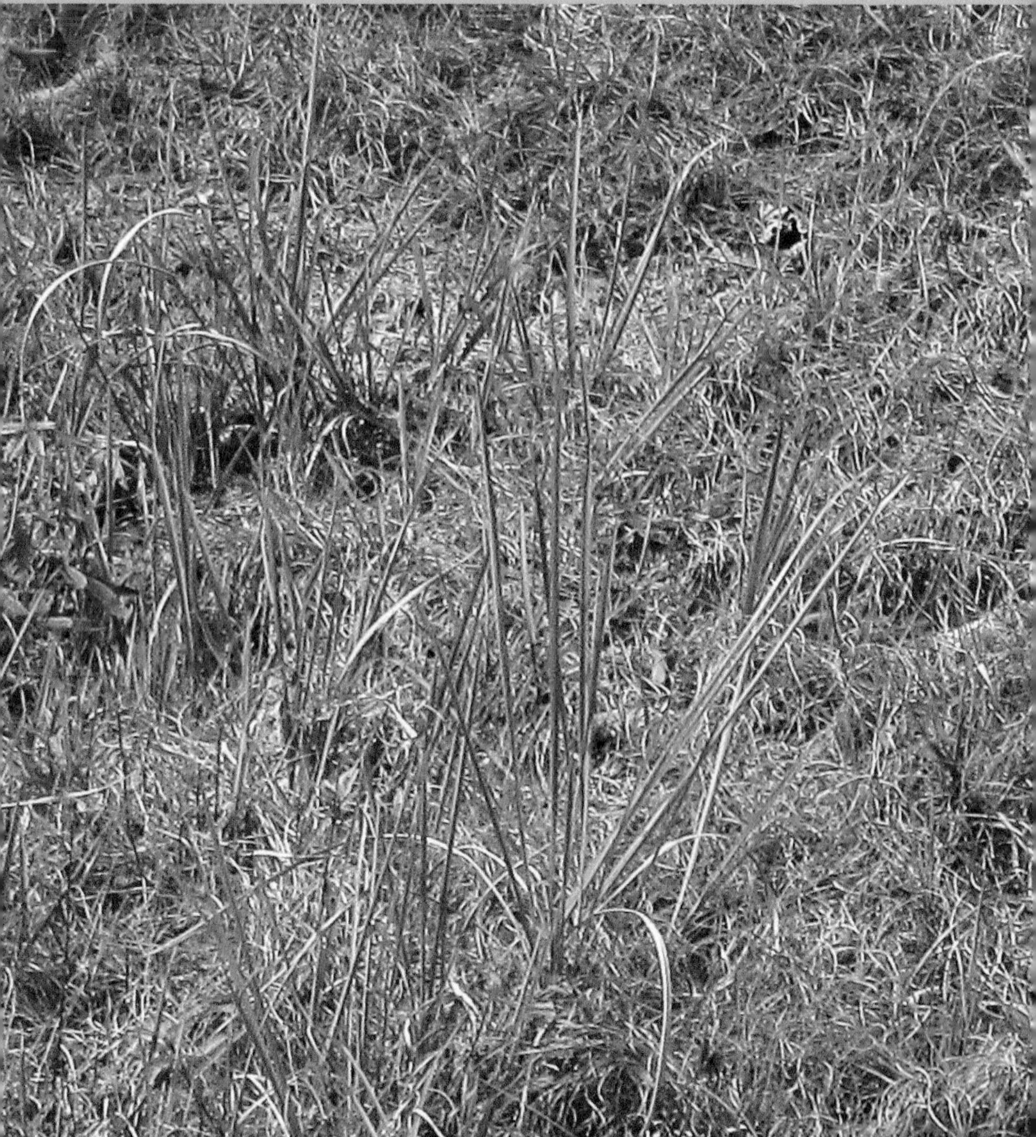

會被其他貓排斥，或被迫在覓食區邊緣的地方漂移，主要還是取決於貓自己的地位和個性。

兩點後來常去三叉路，大概那兒的地域比較模糊，覓食圈重疊，較有機會獲得食物。若是在其地區域，可能會受到排擠，或者因路途遙遠，不易前往。

我大膽揣想，三叉路離雙峰山最近，牠可以很快回到南峰東側的草坡地休息。遇到危險狀況接近，也能隨時躲入周遭的下水道，避開可能的干擾和危險。

像兩點這樣孤獨，跑單幫，在雙峰山東側活動的，還有黑斑、一條龍等。牠們的活動領域，遠遠大於集團貓。

多數集團貓生活在食物豐沛的地方，很少會遠離覓食的環境，泰半拘泥於籃球場大小的空間。在此一小小環境裡，每天等待食物的供給，閒暇時在此一小小空間裡，捉蝶探蟲，或試著捕魚獵鳥，過著小領域的快樂日子。但跑單幫的傾向居所不定，往往不會在一個地區滯留太久。兩點最後一直趴臥在東側斜坡，顯見牠被虛弱的身子絆住，缺乏遠行的能力。

初來時，兩點看到我迎面而來，還會起身，鑽入下水道，不想搭理。一個月後，我設法接近時，牠似乎連抬頭都有些困難了。我更加確定，牠已來日無多。但牠選擇一個視野開闊的位置趴躺，面向馬路，而非陰暗之角落，彷彿在展現最後的尊嚴。

雙峰山南峰大樹環繞，林木茂盛。有一天，兩點橫向移動位置，居然趴伏在校長家前的大門，儼然如家貓在烘晒暖陽。那幾日，我還自我安慰，前些時恐怕是誤會了，牠應該還能繼續支撐度日。

等我更有機會趨近，才清楚發現，牠的眼睛發炎，長了膿瘡之類，濕黏黏的，彷彿要看到世界外頭都很困難。而我也恍然明白，那是牠愈來愈趴躺著不動的原因。

有天接近午夜，經過三叉路，深更半夜還有隻貓就著牆角的紙盒，仍在啃食飼料。不禁好奇探看，竟是兩點。牠趁大家都不吃，又挨近這兒。食用後，元氣似乎稍稍恢復，搖擺著

兩點死前一天。

兩點最後一日。

兩點死亡。

瘦弱的身子，勉強地拖回東側斜坡。整個晚上牠繼續趴在草原，不只是白天了。

我再度陷入過去的不安。隔天清晨，經過斜坡，未見牠的身影。我有不祥的預感，繼續往前探查，經過校長宿舍仍未發現。接近三叉路時，水溝邊的土坡，一隻髒汙的白貓趴著。不消說，一定是兩點。

天才濛濛亮，光線還未明透，我卻被嚇到了。兩點的病情更加嚴重，整個臉濕黏成一塊，眼睛部分彷彿被某一膠狀物質沾染，幾乎無法睜開。那物質又似乎是自牠身子排出，因而擺脫不掉，其下頦亦沾滿潮濕的泥土，糾結成團。

那淒慘的表情，真的難以形容，心裡只浮上一個念頭，沒指望了。根據獸醫師的說法，這是腎衰竭的最後徵兆。想要搶救，都來不及了。

但望著望著，我又覺得牠沒放棄生存，在我挨近時，又努力睜開眼，盡最大的體力對我瞧著。只是這一使盡力氣的凝望，彷彿是最後的覷看。牠慢慢地又閉上眼，幾乎是斷然垂首的姿態，不再搭理這個世界。此地離三叉路第一個食物放置區，木麻黃樹下，僅剩三公尺。牠似乎要走到那兒，卻無力抵達。

中午時，我抽空從研究室出來探望，發現牠仍趴睡在那兒。到了晚間十時，離開研究室，再趕去探望。但我還未走近，擺置貓食的木麻黃樹下，橫躺著一隻白貓。白天時有些貓也愛橫躺，一副難看的死相。但接近午夜的山坡地，絕無可能有此狀態。

有貓如是，時機不對。望著這團白，我全身一陣不安地顫抖。趨前細看，果然是兩點，嘴巴張開，僵死了。看來中午以後，牠設法抵達這兒。牠努力完成，但力氣也放盡。是為了食物嗎，還是只想在死前靠近一個貓群的社會，而非孤獨地病歿在雙峰山上？兩點留下了一個不易解答的謎。

這是初來虎地，認識牠一個月的觀察。兩點用牠的最後餘生，教我一堂街貓貧病交迫的生死學。

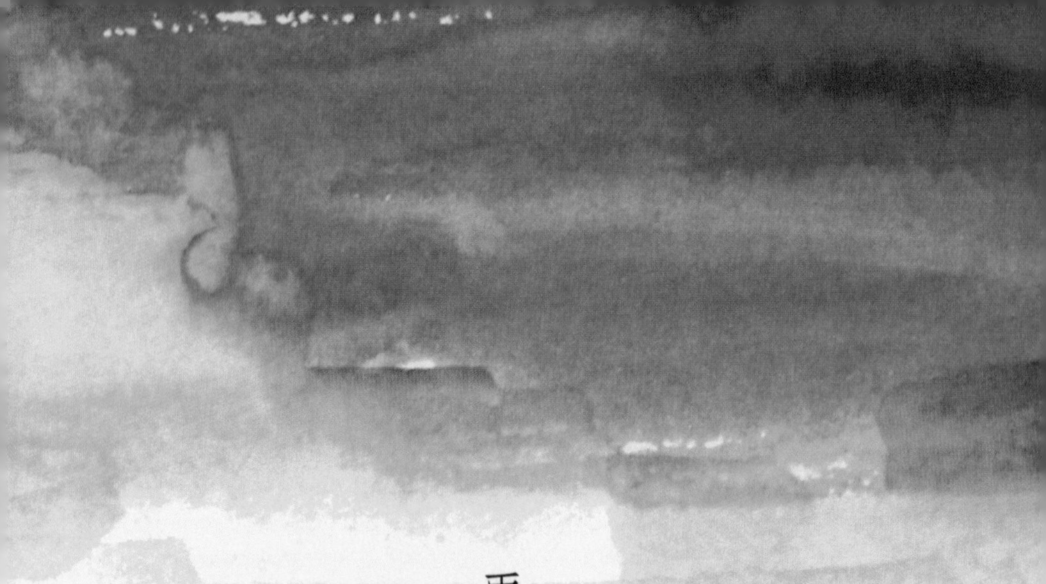

雨點

勉強睜眼
還是看不到地平線後面的美麗
乾脆閉上眼睛
讓世界變得明亮而綠草如茵

遁跡下水道

黑斑

每次我在遠方出現，黑斑便縮緊身子，保持高度警戒。我還未朝牠走去，牠便早早溜進最接近的下水道，毫不猶豫地鑽入，消逝於暗黑的洞口，回到牠最常滯留的地下世界。

那時，我們相隔起碼三四十公尺之遠。這個距離，不管對虎地貓或者其他街貓，安全指數都相當高。再敏感的貓，都不至於抬頭，準備離去。像黑斑這樣神經兮兮，讓人大惑不解。

那下水道的世界又是一個謎。當天氣過度悶熱，當陰雨下得滂沱，抑或是想要長久酣睡時，不少貓都偏愛躲進此一幽暗之地，或者鑽入隱蔽的建築物裡。黑斑愈加明顯地偏好此一行徑，似乎每個下水道口都鑽過。下去後，更不會從同一個洞口冒出。從其意志和決心的堅定，都明確告知，下面有一個深邃的貓道，四通八達地串聯著。那兒是牠最安全的庇護區，

下水道是黑斑最鍾情的庇護所。

黑斑總是躲著人。

黑斑緊張地望著我，準備潛入下水道。

無人可以干擾的世界，地面只是偶爾出來散步、透氣，像鯨魚般。

黑斑活動的下水道上頭，恰巧是我寄居的教師宿舍周遭，被大草原、南峰山坡和開闊的柏油路面環繞著。我住二樓，打開窗口即可居高臨下，因而有充裕的時間，觀察此一異乎他貓的行為。

在虎地貓裡，跑單幫的不多，牠不僅是典型，也最為孤僻。一條龍雖說兇悍，還有三塊愣愣地試圖接近。反之，牠也會主動接近其他貓，雖說別的貓害怕，寧可跟牠保持距離，至少牠有此意圖。但黑斑從不和其他貓照面，永遠獨來獨往，似乎連自己的同類都在躲閃。

等搞清楚所有虎地貓的分布領域後，我有些納悶。除了宿舍後院和淨水廠一區，黑斑和一條龍的地盤重疊不少，活動的路線也幾乎相同。牠們走過相同的溝渠，相同的馬路。只是一條龍偏好漫遊，隨時出沒，但黑斑晝伏夜出，路線單一，難得碰頭。或許是這一微妙關係，兩者遂相安無事。

繼而，我又發現，黑斑很少走進大草原中心。每天一早，我泡茶看書時，從窗口凝望，常期待有貓走過草原。非洲稀疏的草原，或許是獅子最愛棲息的環境。對虎地貓來說，大草原的空曠讓人不安。多數貓選擇在邊緣活動，或者小心地走在橫跨大草原裡的溝渠。

黑斑卻連溝渠都不願意屈就，寧可繞道而行，走在牆角隱密的草叢。一條龍可不，牠常堂而皇之地來去，時而站在溝渠上，發出喵叫聲，彷彿毫無天敵。

初時，我對黑斑的印象便是這樣，害羞、機警，無法信任何人，包括自己的同類。直到另兩回的接觸，我對牠的行徑方有更深入的認識。

有天清早，經過第二大樓，發現牠正在牆角進食。那兒屬於花叢幫的領域，飼料還堆放不少，但多數成員仍在休息。究其因，牠們不想吃昨日剩下的飼料，寧可等待愛貓人帶來新食物。虎地貓早已被餵養得很挑食。如果情況允許，牠們只選擇吃新鮮的。除非一整天沒人餵，才會無可奈何地吃完剩下的飼料。

我遇見黑斑時，正是這樣的情形，好幾個紙製盒子都盛放著昨日的飼料。黑斑和另外一隻花叢幫的貓，各自專注吃著。虎地貓在進食時，警戒心低，我比較能接近，細觀其身，甚而拍照。

我非常驚訝，黑斑何以會跑到此地覓食。第二大樓位居校園中心，黑斑若要抵達，必須先經過寬闊的大草原和第一大樓。此區乃草原幫和花叢幫活動的重要領域。若是新來的貓，抵達異地總是心虛，保持高度警戒。黑斑安然而專注地進食，若非在校園的地位不低，絕不敢如此橫行。

沒幾日，我再度遇見黑斑，更恍然明白。牠站在南舍（學生宿舍之一）旁的一座方形水

黑斑很少和其他貓接觸。

泥平台休息。那兒靠近山谷的樹林區，據說蛇類經常出沒，有回還有野豬闖進。黑斑看到我時，露出狐疑的表情，似乎很困惑我為何會在此現身。牠旋即停止舔毛，循一條溝渠鑽到校園外的樹林。

嶺大校園管制甚嚴，周遭架有鐵絲網，尋常野狗不易進來。校園之外，野狗活動相當積極，很喜歡追逐和欺負街貓。過去便有一說，因為野狗無法進入校園，學校才會有這麼多貓集聚，進而形成重要的棄養場所。

校園外的這片樹林雖有野狗群出沒，但牠毫無顧忌。黑斑一定是循此繞道南舍後的樹林，避開兩個幫派的領域，回到我住宿的地方。在第二大樓，我總共記錄三回，猜想黑斑只把那兒當作一個偶爾覓食的地方。

黑斑和一條龍相似，多數的覓食時間和地點，偏好到龜塘幫的領域。上班時日的早晨，行政大樓上班的愛貓人士都會在避雨的隱密牆角，擺足充裕的飼料，讓龜塘幫的貓群可以隨時享用。

龜塘幫害怕一條龍，避之恐不及，對黑斑卻毫無懼怕，有時還不懷好意。有一回，黑斑覓食結束，小跑折返。龜塘幫成員小灰頭，似乎不滿其行徑，一路偷偷尾隨，明顯地想恐嚇或偷襲，卻又對牠有所畏懼，因而只敢保持三四公尺距離。當黑斑休息時，牠也停下腳步觀

黑斑不走大草原的溝渠，卻會利用雙峰山的溝渠。

望。黑斑似乎察覺牠跟蹤，竟放慢腳步。小灰頭怎麼辦呢？只敢佇立在隱密的角落，看著牠遠離。

黑斑的階級應該和一條龍相當，只是不像後者，常常霸凌其他貓。但一些跑單幫的弱勢者，若不小心闖入，或者觸怒了牠，同樣會遭到嚴厲教訓。

有天我欲出門，大門觀景台下方發出淒厲叫聲。聞聲過去，赫見黑斑站在水泥陰井，俯瞰一隻體型接近的虎斑貓，一邊發出威嚇的叫聲。那隻虎斑貓即三條。倒楣的三條，不只常遭一條龍欺負，顯然也被黑斑視為眼中釘。

三條低斜著身子，畏懼地仰望黑斑，一副擔心被撲擊的緊張樣。黑斑虎視著，每發出一次威嚇聲，三條便驚嚇地抖動身子，尾巴緊緊貼著屁股。黑斑則不斷搖晃尾巴，佯勢要攻擊。

那尾巴悠然地搖動，甚是輕鬆，更意味著自己的高高在上。眼看黑斑不斷逼近，隨時要伸爪攻擊，三條也認命地準備躲閃或防衛。突然間，黑斑似乎又顧忌什麼，遲遲未展開，只是繼續盯著，直到三條低匍，慢慢遠離。黑斑則在後頭緊迫盯人，似乎只要三條快點閃離，牠不會得理不饒。

我雖不斷記錄黑斑的行跡，相對於其他虎地貓，還是較難掌握。多數貓是集團的幫派成員，只要在固定地點，花多點時間觀察，都不難等到。跑單幫的，像一條龍善於喵叫，遠遠

初到校園時，我難得就近拍到幾張黑斑的照片。

黑斑對我發出不滿。

黑斑觀察我的舉動。

三條不知何故觸怒黑斑，黑斑晃動尾巴，步步進逼，直至三條離開才罷休。可從圖中微小動作，看到兩者間的消長氣勢。

⑦

⑧

⑨

⑩

⑪

⑫
10
km/h

地也知道來了。至於三塊、三條，總是趴伏在一些固定地點，同樣不難邂逅。

但黑斑趴在地面的時間並不多，有關牠的紀錄加總一起，難以敘述成文。有時三四天都未發現，我更懷疑牠是否已往生，或者橫屍郊野。

兩個月後，從累積的資料，我才明確看出，牠連趴臥草地的時間都很短暫，多數時候都在疾走。或者遠遠地看到我時，愈發疑懼地躲入下水道。

那也不是三四十公尺，而是更長的距離。

到底怎麼回事？有天黃昏，牠潛進龜塘幫的領地，我藉由一道長牆掩護，快步跟蹤拍照。那是自上回在南舍碰見後，最接近的一回。我清楚看到牠的肚腹下垂。很多貓得了腎衰竭，都有此一身形消瘦，肚腹肥大之狀態。接著因厭倦進食，病痛纏身而不治死亡。

回家後放大照片，想要了解到底怎麼了。這一對照赫然發現，自己嚴重誤判。從側面看，至少有兩個粉紅的乳頭鮮明地露出。照片透露了一個讓人吃驚的訊息，黑斑懷孕了，可能快要生了。

在我的認知裡，虎地貓多半結紮，不可能有生育的機會，沒想到竟還有漏網之魚。黑斑懷孕的情形，彷彿《侏羅紀公園》裡的名言，生命自會尋找出路。於是，我再翻查前些時拍攝的照片比對，原來當初遇見時，牠的肚腹早已略微鼓脹。

黑斑的腹下隱約可見乳頭。

黑斑腫脹的乳頭透露牠正在撫養小貓。

幾個月來，牠為何一直躲閃，我恍然大悟。除了個性機警，想必跟懷胎有關。牠未結紮，因而有了受孕的機會。但跟牠交配的到底是哪隻貓？牠將在哪裡生下小貓？小貓能存活嗎？像黑斑這樣未結紮的流浪貓還剩下幾隻呢？一連串的問題也浮現出來。

確知黑斑懷胎後，我常不自覺地走到下水道出口，蹲下來側耳傾聽。期待著有朝一日，幽暗的下水道深處，傳出小貓的美好叫聲。

我的觀察時間和次數更加冗長、緊密。最後發現，牠一天頂多在晨昏出現。捉住這一晝伏夜出的習性，我看到牠的機率便大增。甚至明確知道，牠會從哪一個下水道口冒出地面。

黑斑出來後，都是走往龜塘幫的方向。那是獲得食物最近的距離，最快的方式。

吃完後，很快折返宿舍附近，擇一空地休息，旋即又躲入下水道。我總是遠眺，不時用望遠鏡細瞧，觀察乳頭的變化。雖然看不到小貓，但乳頭提供了線索，我由此研判小貓的狀態，甚而猜想牠們約莫幾隻。

又過一陣，黑斑的乳頭兩側各只有一對都相當紅腫肥大，應該有四隻吧！等牠消失，我再挨近那洞口，企圖聽到小貓的呼喚。

有天下午，雷雨交加，黃昏時雨勢驟歇。打開寄宿的窗口透氣，只見黑斑在對面草坡地來去。這個行徑相當異常，尤其對一隻正在餵奶的貓媽媽。我繼續緊盯，只見牠不時跑動，時而撐高身子，甚而在斜坡上微微跳起，快速以前掌拍擊飛行的小飛蟲。

小飛蟲不大，擁有一對灰色寬大的翅膀。那是大雨後盲目飛行的白蟻，昨晚已出現不少。以前人們看到，總以為是大雨來襲的徵兆。大雨後的短暫空檔，白蟻更加密集地出現宿舍周遭。黑斑在坡地上忙著捕食，一直到天黑。

我進而有一個了然，黑斑每天吃的飼料，並無充分的蛋白質。怎麼辦呢？如果你是母親，勢必要補充奶水，但尋常飼料不足以提供營養，只得尋找其他食物。一隻街貓能夠有什麼機會？鳥類根本獵取不到，水塘的魚類也不易捕捉。這時竟有大量白蟻出現，每隻雖不到一公分，但換成街貓的角度，說不定都是一根根小香腸。白蟻是最現成新鮮的食物，也是老天賜給牠的大禮，當然不能錯過。

那天夜深後，雨勢再緩和許多，只剩下些許雨絲，白蟻如常出沒。我故意熄燈，望向校園的馬路。未幾，黑斑再度現身，在馬路上快速地梭巡，不時低頭彷彿在啜水。校園裡偶有車子行經，或行人路過，牠都會閃到一邊，再快速地跑到馬路上。這一情形並不多見，不太像牠平時躲入下水道的行為。

旋即，我便看出，牠發現不少白蟻被雨打落在馬路上。路燈雖然昏暗，以貓的夜視能力，自可大快朵頤。牠從馬路吃到人行道，花了近一個小時，持續努力吃食。

又過一陣，牠才滿足地躲回下水道。我走下樓，樓梯盡是橫躺的白蟻。打開門，走到馬路和人行道檢查，剛剛黑斑活動的地方，一隻白蟻的身影也未發現，看來都被牠吃光了。

兩星期後，黑斑乳頭從腫大的粉紅色慢慢變深，僵硬為黑紫之色。我因而確信，小貓接近斷奶，或者已經結束哺乳期，可能即將出來。我更日以繼夜地觀察下水道，尤其晨昏時，絲毫不敢怠惰。

再過些天，我深信，這位勇健的媽媽會帶著小貓們，逐一跳出下水道的黑暗家園。只是迎接牠們的地面，恐怕會是更加嚴峻的環境。一個白亮的可怕世界。

不知道黑斑的小孩是否會跟牠一樣動作輕巧、小心謹慎？

黑斑

孤獨讓牠充滿安全
黑暗讓牠看得更清晰
多疑則讓牠活得長久
讓牠遇見
甬道盡頭的星光

保守主義份子

無尾

無尾是草原幫身形最顯著的母貓，行徑最像一隻獅子。

草原幫生活的大草原，太過於遼闊了，任何貓都可以遨遊、漫步，因而未形成強力的夥伴關係。不像中式庭園核心集團的成員，往往四五隻長時趴躺一塊，緊密地生活。牠們時散時聚，單隻活動的頻率較為常見。

大草原是塊像足球場大小的環境，分成上下兩地，以緩坡交接。無尾活動的地點主要在上草原。這隻尾巴剩下一小截的母貓，相貌威嚴，高貴有餘，但形單影隻的狀態最為鮮明。

上草原是牠經常散步的場域，也是趴躺沉思的地點。天氣陰涼時，牠走進上草原，悠閒地東張西望，像一位持盈守成的仕紳，遊蕩在自己的鄉野。我想牠大概是虎地貓裡最愛望遠的。放眼虎地貓，很少像無尾，晚上也在草原散步，或者花很長時間無所事事地趴臥。

氣質高貴的無尾，自在地或遊蕩或趴臥。

無尾是虎地貓裡最愛望遠的。

多數貓集中在辦公大樓的牆角活動，草原是境外之地。貓不像牠們的遠親獅子，喜愛把草原當作獵食活動的領域。貓們清楚，草原無法提供充裕的食物，過於開闊，更讓牠們毫無安全感。

大草原是公共領域，其他虎地貓偶爾出現，無尾不會阻止或干擾。多數貓到此遊蕩的目的為何，並不清楚，可能一時興起，在草地上踏青，或者想要晒個太陽，也可能留下排遺，就地掩埋。

咬青草是走到此最常見的行為。很多虎地貓醒來時，梳理一陣皮毛，都會展現咬青草的行徑。牠們咬的多半是尋常野草，不是蚌花，或者合果芋之類園藝植物。我注意到，二耳草最常被噬咬。二耳草在香港和台灣都相當常見，這種野草或可視為虎地貓的生菜沙拉。青草可以幫忙牠們清理腸胃，每隻幾乎都有這類行為。其他環境，不少街貓亦復如此。

上草原的水泥陰井，明顯地高聳而突出，多半時候只有無尾趴臥著，像獅子在草原的遠眺，掌握一切，觀看校園學生來去。草原幫還有三四隻其他成員，臉上半褐半白的輕漾是其中之一，但牠最親密的夥伴應是公貓草原虎。我屢見牠和無尾一起趴臥水泥陰井，或在樹林下。無尾有時會撥弄草原虎，騷擾牠。草原虎受不了，遠離他方，跑去和其他貓諸如輕漾等集聚，偶爾再回來跟牠相處。

無尾彷彿沉思的哲學家。

草原虎有時受不了無尾，自己活動。

無尾（左）和草原虎（右）好親近。

無尾和草原虎兩相好。

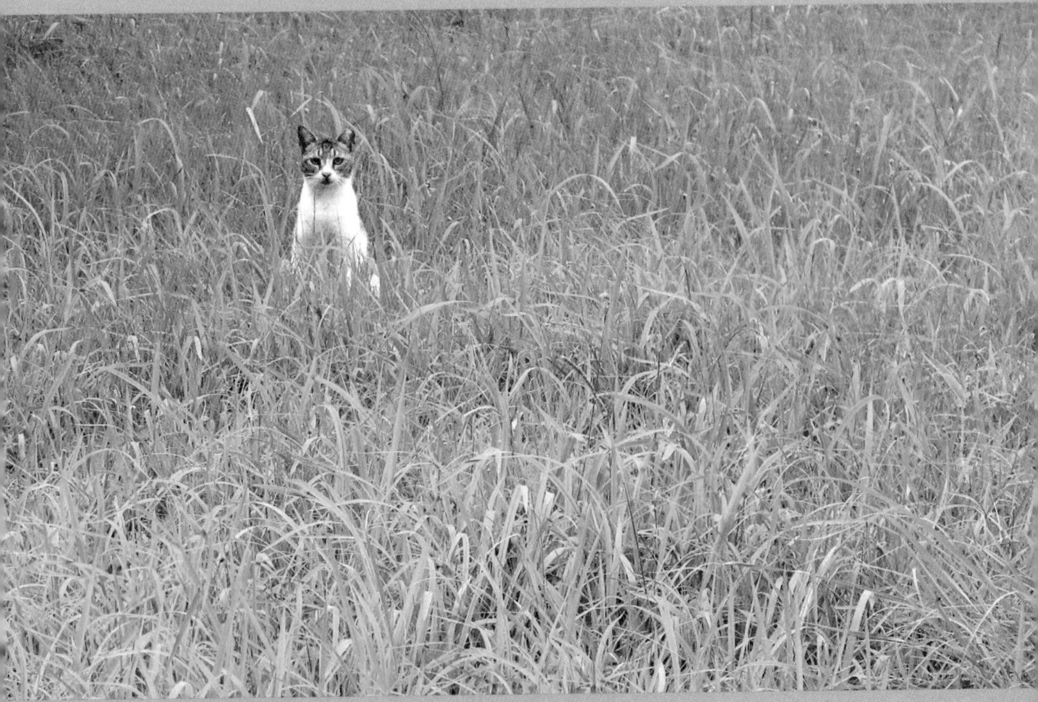

草原虎的個性不鮮明。

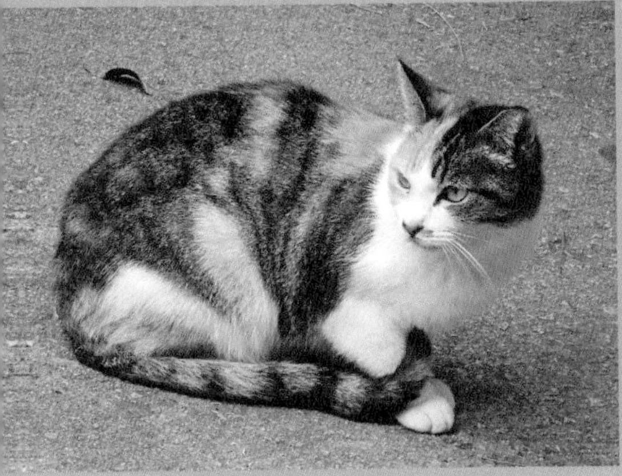

輕漾也是草原幫的成員。

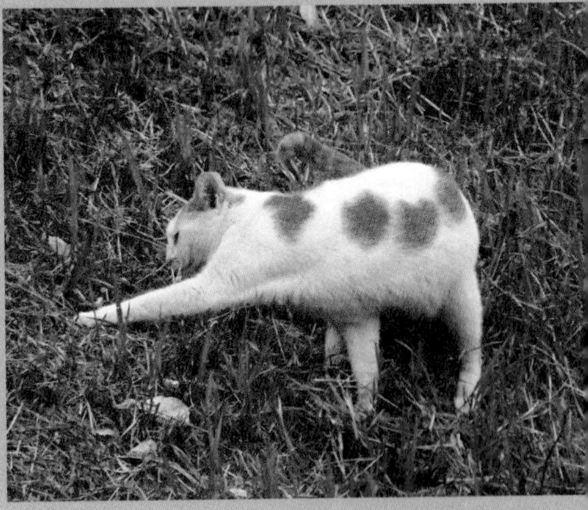

大草原是咬青草的熱門地點，圖為草原獅。

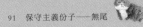

無尾比較不怕人，誰都可接近觀察，但不讓人碰觸。牠那世故的眼神彷彿看透了什麼，或者洞悉你的思考，想要保持一個適度距離的親密。人太接近了，牠翻身一縱，潛入下水道，不知去向。

不少虎地貓都有一兩處熟悉的下水道做為窩居、避敵之地。下水道勢必跟其他地方連接，有些會從甲地鑽入由乙地冒出。那是一個神祕而難以窺探的世界，像許多貓展露的，深邃又縹緲的心思。但無尾只選擇一個入口進出，不像黑斑有三四處。

草原幫旁不遠，還有一花叢幫，成員七八隻，喜愛集聚在可愛花的花圃裡活動。整個花圃都是這種爵床科植物。秋冬時，豔麗的紫色花卉綻放，常吸引學生駐足。但人們皆不知，紫色花海下，躲藏著好幾隻貓。無尾跟牠們只隔一條六七公尺寬的馬路，卻少有往來。

大草原還有一隻常客，結紮的母貓，草原獅，經常出現草原的中心。那是虎地貓比較少見的行為，彷彿把自己整個暴露在外。但牠來去草原時，總是機伶地沿著乾溝，藉著溝渠保護，掩蔽身子。大草原滯留時間最長的貓，應該是牠。

草原獅勇於探險，但不像一條龍到處去惹事生非，或者欺負其他虎地貓，也不像無尾的畏懼。牠孤獨地探查，到處瞭望。謹小慎微地走路，不與牠貓衝突，甚至接觸，只享受著到處來去自如的生活。

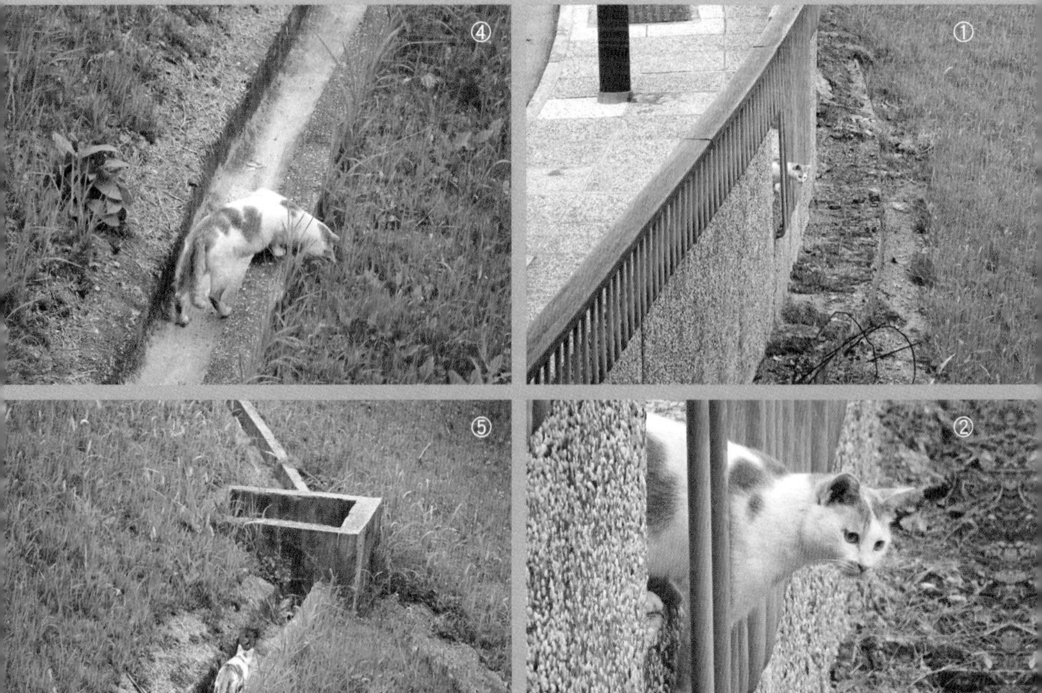

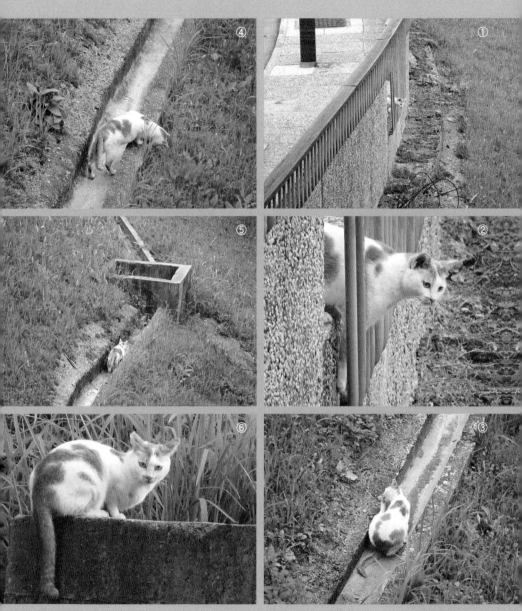

草原獅從欄杆縱身進入大草原。牠在乾溝上自在地晃蕩，最後跳上水泥陰井觀望。

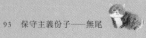

草原獅當然也跟無尾很少交集。只偶爾三四隻集聚時，牠剛好在場。草原獅活動的範圍不像一條龍，橫跨半個校區，但明顯比無尾更寬廣。從牠身上對照，反而看出無尾的保守自滿於現況。怎麼端視，都不過是一隻擁有小小領域的宅貓。譬如，牠很少到下草原，每次走到上草原高崖處，就會乖巧地折返。

只有一回，無尾小心翼翼地沿著乾溝前進，走到下草原的水泥陰井。假如是在上草原，牠會隨便遊蕩。但站在下草原，彷彿很疏離。牠站在水泥陰井緊張地觀望，一點也不敢鬆懈。後來有一位學生闖進，只站在下草原的邊緣，無尾已緊張地奔回上草原。可見，牠對下草原毫無安全感。

四年後，我回到校園，來回梭巡每一塊長時觀察過的地點。在翻越雙峰山，經過鞍部時，只見南峰樹林坡地，有兩隻貓臥伏在草地上。按牠們的身形和地理環境，我研判是草原獅和一隻叫半黑臉的三花貓。半黑臉也是草原幫成員，以前即常在北峰出沒，生性機伶，孤獨而隱僻，看到我，遠遠即溜走。

草原獅還在，讓人驚喜。但牠異常機警，我離不到二十公尺，隨即起身離去，遁入旁邊蓊鬱的樹林。跟過去一樣，依舊是那跑單幫的矯健身影。

在上草原時，偶爾會有珠頸鳩或白鶺鴒等鳥類，降落草地。當牠們散步時，常引發草原

四年後回到嶺大，遇見草原獅（前）和半黑臉（後），甚是驚喜。

離開校園兩年後，同學傳給我無尾的近照，牠依舊健康自在。（嘉晴提供）

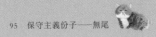

幫貓群的騷動。無尾因佇立的位置，經常是最早發現的。牠會先蹲伏伺機伏擊。畢竟是老貓，喜愛謀定而後動，再者，鳥類的視覺遠遠超過牠們，除非有十足把握，絕對不會草率撲上前。但我從未看到牠撲擊成功。

無尾棲息的環境，還包括雙峰山，南北兩峰間的斜坡森林。一處眾貓往來集聚的公共空間，並未明顯屬於哪一個集團，無尾有時也在此遊蕩。

春初時，一隻珠頸鳩不知為何貿然飛降落葉堆積的地面，引發巨大聲響。幾隻貓不約而同豎起耳朵，望向那兒。無尾和草原虎包抄過去，試圖利用地形掩護，突然竄出，讓珠頸鳩措手不及。此時，輕漾也躡腳低伏接近，準備從另一個方向撲殺。只可惜，牠們毫無合作經驗和能力。珠頸鳩早就察覺這幾隻貓的意圖。在牠們就緒前便從容地高飛遠離，毫不給予任何機會。

虎地貓們能夠捕捉到鳥類的時機，或許在繁殖季，有些剛剛離開巢位的小鳥，飛行動作緩慢，才可能讓牠們得逞。有一回，在雙峰山的落葉堆看到一團凌亂的羽毛，猜想應該有隻飛鳥不幸被撲殺了。嶺大校園較少麻雀，我懷疑跟虎地貓過多有關。麻雀喜愛集聚，常活動於地面覓食，機警又善於互通環境安危訊息。一代傳一代，這兒便少見了。至於喜愛在草地活動的黑臉噪眉，別稱七姊妹，恐怕也因了此緣由，幾無紀錄。

無尾活動範圍有限，絕不會跑去余園，更不可能侵入遙遠的現代花園。雙峰山如高大山脈，廣場猶若大洋般遼闊，都是巨大的阻隔。牠不是跑單幫的，只安於現狀，只想在草原遠眺，在三叉路保持自身優越、舒適的地位。

當一條龍出現在大草原另一頭，每天經過數回雙峰山，到處驚擾其他虎地貓，像大尾流氓時，無尾繼續無遠憂亦無近慮的快樂，沒有其他貓挑戰牠的地位。

無尾

如果沒有草原的開闊
牠會缺乏遠眺的視野
缺乏來自空曠的恐懼
跟其他街貓一樣平凡了

草原獅

平淡地孤獨來去
如居無定所的浪人
山丘讓牠如老虎般欣然
草原則讓牠的心靈接近獅子

年輕的探索者

小狸

第一次看到公貓小狸，牠正在北峰西側的樹林裡，鬼鬼祟祟地前進。那是正午，很少貓會在此時活動。這一窮極無聊的晃蕩行為，像人類青少年的到處遊逛。我因而確定，牠在閒逛，也在探險。

小狸的體態纖細，全身淨白，唯有一條狸般色澤的長尾，乍看已是成貓體型。但兩頰瘦尖，看來發育尚未完全。多數貓都在休息，只見牠躡足躡腳，緩步地張望，注意著每個角落的可能發現。那行徑好像初次離家出走，什麼都感新鮮，到處亂探看，同時胡亂地想像著各種可能的危險。

結果一狩獵即見真章。善於捕食的貓，絕不會隨意走動。從第一眼，我便察覺牠的笨拙，猶帶孩子氣。那天，牠不斷地朝一堆落葉攻擊，假想那兒有一隻不易對付的厲害獵物，必須

初遇小狸時，牠正在北峰探索。

小狸的毛色特徵很容易辨認。

用盡全力。四五回撲擊後，依舊不甘心。突地沒來由，又轉身攫取，彷彿真有動物在那兒潛藏著。

後來，我繼續看到牠的探險。成貓若沒把握，不會隨便發動攻擊。小狸仍處於玩樂的狀態，凡有小昆蟲之類，都會試著挑釁，玩弄。

有一回，牠好運地撲著了一隻小灰蝶。只是明明都已捉到腳掌了，還是渾然不察。困惑地雙掌鬆開，只見那灰蝶完好如初，從牠眼前飛了出去。牠再躍起，撲著了的都是空氣。

太陽高照，眾貓皆瞌睡，牠獨自走在樹林裡，尋找樂子。玩得很興奮，卻不知自己在做什麼，又或者何以緊張地疑神疑鬼，衝來衝去。後來跟愛貓的學生們探問才得知，我遇見時，牠才半歲左右，這種行為不可能在其他大貓身上發生，只有像牠這樣甫長大的年輕幼貓，尤其是小公貓，才會展現這般失態和幼稚。

還有幾回，我看到小狸在吃野草。很多虎地貓喜歡在睡醒後，立即舔理皮毛，進而偏好去啃咬野草。市面有一種貓飼料，據說是針對貓愛吃野草的習性，製作為食物，但我想貓應該會比較喜歡吃新鮮的。有人視野草為貓的前菜，或者生菜沙拉，這一形容還頗生動。若按動物行為，貓吃草主要是為了腸胃的良好蠕動，順勢把難以消化的食物吐出。

虎地貓盤據的領域，並非每處都有許多野草。有些集團棲息的位置，草原處處，省去了尋找野草的麻煩。有時眼前一叢，隨便張口一咬就能啃到好幾把。但貓吃草並非亂咬，牠們應該有承傳經驗。某些植物含有毒性，諸如合果芋之類粗大葉子，多半不會去碰觸。牠們喜愛較為尋常的，諸如二耳草、牛筋草。

小狸習慣滯留的北峰，高大喬木頗多，下方多半被枯葉遮蓋，少有野草。小狸能咬到的野草，往往都只有一兩株，剛巧自枯葉堆中長出。吃草要有耐性，依草的彎曲，順勢咬食。好幾次，牠不斷地斜頭，以難看的姿勢猛咬好幾回，才能勉強啃著。有時咬不著，生氣了，

小狸歪著頭奮力啃咬野草。

小紅線在樹下盯著小狸，小狸不敢下來。

不耐煩地對自己發脾氣。這一舉止，更證明牠的孩子氣尚未消失。

到處亂闖，難免惹禍。有一回，不知為何，牠惹毛一隻壯碩的棕色母貓，小紅線。牠大概是看不慣小狸到處胡亂走動，突地大發雷霆，追逐過來。把小狸逼竄到三公尺高的樹上，遲遲不敢下來。小紅線刻意在樹下趴躺、仰望，逼小狸困在樹上動彈不得，分明就是在教訓。小紅線的地位在北峰並不高，經常偷吃其他貓食。但小狸還被欺負，可見牠的階級勢必相當低微。

後來我觀察到，有陣子，牠很喜歡尾隨一隻叫褐嘴的母貓，結果也常被後者修理。但牠的畏懼不像遇見小紅線。再仔細追探才知，小狸乃去年在校園出生，褐嘴是牠母親。

我會查出，源自一位愛貓的學生，看到我日日在校園觀察記錄，拍攝了不少照片，因而寄來去年拍攝的幾張。她想知道，去年夏天拍到的一隻小貓長大後，如今棲息哪裡，目前的領域和地位情形。我一核對，隨即查出了小狸的身分。

更意外的是，從這張照片，我看到了小狸的母親，覺得分外眼熟。於是對照自己拍攝的。在中式庭園的區域，查到了一隻叫褐嘴的母貓。只是這一確定，反而有些感傷。

中式庭園因造景而有假山假池，泛稱余園。我則稱此地貓群為余園集團，褐嘴是集團的成員。三個星期前，我才在池塘邊看到褐嘴。那天牠如廁後，並未悉心處理排遺，只意興闌

小狸和母親褐嘴（左）在窩居的洞口，那時牠還有手足。（上下圖皆慧珊提供）

出生不久的小狸（左）和母親褐嘴。

小狸躲在媽媽後面。

珊地走到一塊大石下。鑽進了一處狹小的地洞，露出尾巴。

那地洞，我一直視為不吉祥的位置。前幾星期，才有一隻嚴重染病的貓，鑽進那兒後就未再出來。看到褐嘴有此一動作，我自是隱隱不安。接下幾日，特別到那兒巡視，期待褐嘴出現。

結果，三四天後，我在大石不遠處，看到一隻貓橫死在草地上，幾十隻蒼蠅停駐在牠的嘴巴。仔細對照，確定是褐嘴。牠的身子看來相當健壯，毫無平常看到的腎臟病或貓愛滋。

褐嘴的死亡並未影響其他貓的作息，但那兒過去是余園集團經常集聚的地方。此後這一大石位置，虎地貓就少去了。

小狸並未到過那兒，牠繼續在對面湖畔孤單地生活，等待著餵食，偶爾繼續一隻年輕貓該有的好奇，到處探險。譬如走到池邊，嘗試捕捉錦鯉，探觸花叢的枝椏。小小池塘其實有明顯的界限，小狸不敢跨越到對岸，走進母親棲息的家園。

小狸最常出現的位置在余園南側的岩石上，屬於邊緣環境。牠經常在那兒趴臥，有時也跟其他貓一起，但並未找到搭檔。或許還要經過長久的摸索，才能被其他貓認可。就像年輕的獅子在草原，遲早會遇見夥伴，等自己夠強大了，才能建立自己的領域和王國。此一階段，小狸仍在探險中成長，還在追尋被夥伴認可的階段。

褐嘴正在如廁（上），之後未清理排遺，直接鑽入洞裡，只露出一截尾巴，舉止怪異。

四年後，我回到嶺南，遇見了好幾位老朋友，其中印象最深刻的是小狸。一接近余園，遠遠地第一眼，就看到牠雪白的身子，以及那根鮮明的狸尾。我隨即聯想初次遇見牠，在北峰的探險。那尾巴鮮明而興奮地搖擺著，跟潔白的身子形成鮮明的對比。

小狸仍棲息於老環境，北峰北面的山坡地，以及余園水塘南岸的環境。根據同學們的觀察，兩年前，牠早從被其他貓隻欺負的小弟，躍升為老大，現在更是大老。一隻貓從小慢慢成長，若能安然無恙，勢必會經歷這些階段。從一隻地位最低階的成員，慢慢進入核心，逐漸在生活的區域掌握較大的控制權。

換算一下年紀，從出生到此時，小狸應該接近六歲了。虎地貓過去在校園長大，曾有十一、二歲的長壽紀錄。一般巷弄的街貓，難有這樣的活存機會。余園集團的貓如今泰半不見，但小狸仍只待在過去生活的地方，生活圈一直在此不變。一群街貓若形成集團，假如沒人為干擾的因素，或者環境破壞，牠應該會永遠在此。

牠仍跟過去一樣，喜歡從岩石上觀看池塘裡的錦鯉，或長時趴躺在岩石。然而，四年前，青春美麗的身影，如今變得蒼老憔悴，臉頰更加削瘦，身子亦愈單薄。也可能患了什麼皮膚病，兩耳皮毛落光，紅通通地禿裸著，夾雜著一些搔癢的痕跡。身形有種說不出的懶洋洋，儼然是老貓的常態，不再是過去的年輕好奇和優雅。

年輕的小狸還沒找到搭檔。

我可以想像四年多來，牠在此生活的模式，慢慢地從階級地位最低的菜貓，逐漸爬升。生活原本即如此定型，現在愈加安穩。池塘旁，貓隻不多，還有一兩隻貓散落在周遭，我不識得。按過去對此一核心環境的認識，應該都是新進來的，這些棄貓會嘗試加入，逐一遞補消失的集團成員。牠們也會跟小狸一樣，慢慢地從菜貓的位階爬升。

小狸如是長大，或許也是最常見的虎地貓成長典型。

五歲多的小狸健康不如以往。

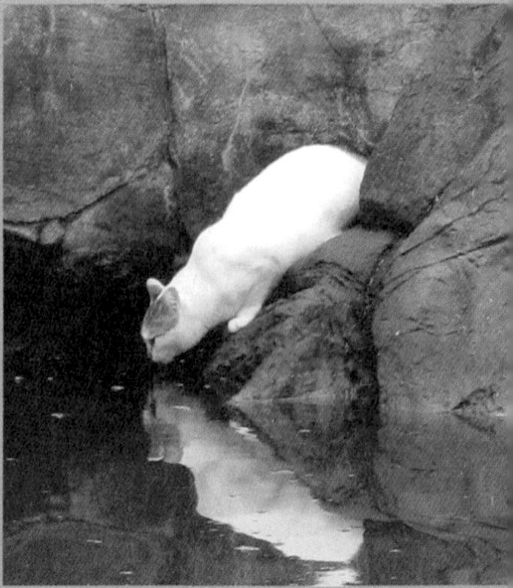

小狸經常觀注池塘裡的錦鯉。

三歲的小狸依舊喜歡在岩石上消磨時間。（嘉晴提供）

小狸

一隻幼貓的養成
勢必包含不斷地探險和犯錯
也許，衝撞不出體制之外
但至少會悄然地
成為知悉規矩者

深宮大院的太監群

余園集團

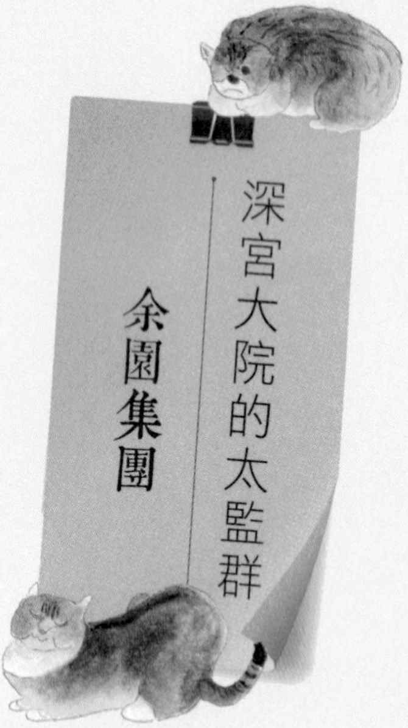

虎地貓在校園裡，最為龐大的族群，乃余園集團。在此中式庭園，牠們密集地散布在池塘周遭。或有單獨棲息，以及二三成群者。天氣晴朗時，常有學生利用庭園的桌椅看書，打電腦，虎地貓則在周遭徜徉。

余園集團的主要成員，包括了紅線、黑鼻、灰鼻、小黑、半臉和小褐鼻、小短尾、梁小虎。牠們集聚成團，但也有在池塘邊緣，鎮日形單影隻的，諸如一線、紅眼、三點和大嘴等。牠們為何選擇一隻貓的狀態，委實難以分析。我只隱隱感覺，年輕和患病者居多。

水塘岸邊多石頭修築的石壁，單獨棲息的，偏好趴在岩壁邊緣。占據一有利的位置，慵懶地享受陽光照射。有時或許會為喝水而趨近池邊，但多半時候像一名釣翁，想捕獲水裡的錦鯉。我看過幾回，當錦鯉不小心游近岸邊時，好幾隻貓都意欲撲上。

陽光正好，黑鼻、灰鼻和小褐鼻（由左至右）在中式庭園的矮牆上打盹、理毛。

余園集團眾貓很能享受水池岸邊的愜意。

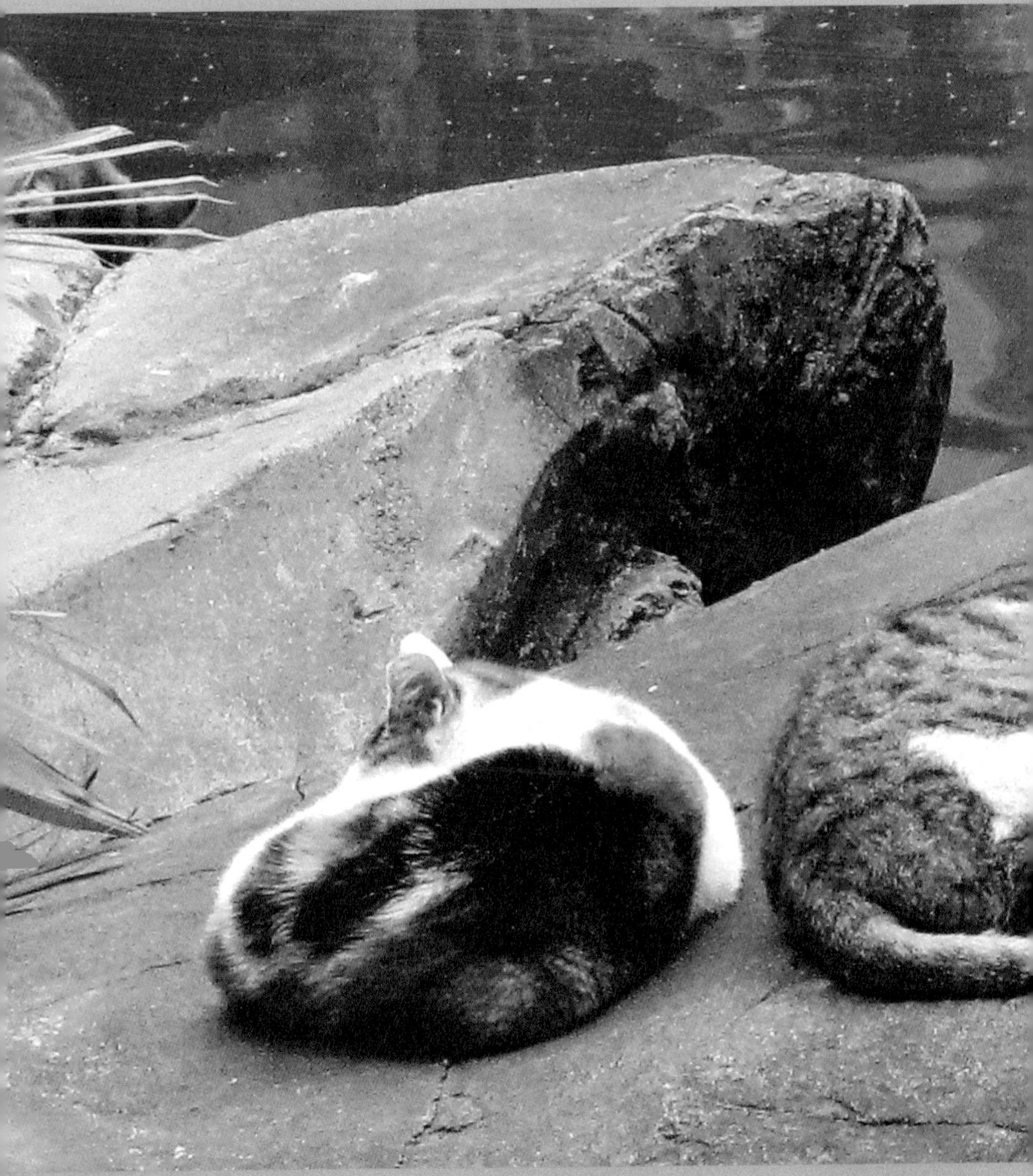

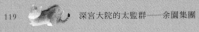

當然，這個賭注甚大，一不小心或許會栽落水塘。幾次水塘邊的巡視，我發現過一兩具乾癟的魚骨，顯見半夜時曾有虎地貓獵捕成功。新鮮的魚肉絕對比乾糧美味，難怪貓們會接近，嘴饞吞涎地觀看。

余園集團的主要成員，彷彿一群僧院的長老，牠們跟形單影孤的不一樣。多半無此捕魚樂趣了，幾乎仰賴學校愛心人士早晚的餵食。牠們常三兩結伴，大群趴躺在餐桌區。貓的睡眠，一天往往需要十一、二小時，才足以支撐平時的活動體力，這群貓彷彿睡得更長，每隻醒來就是在等吃，吃飽了便睡。

余園集團裡，我最早注意到的是母貓紅線，擁有此間最為肥碩而優雅的身軀，宛如一隻大胖貓。位階最高的可能是小短尾，活動範圍略廣，有時會出現在北峰樹林。小黑最怯生，幾乎不跟人接近，常常鑽入下水道，我懷疑牠也是跑單幫的，偶爾回來。黑鼻比較敏感，經常因人的接近而遠離，灰鼻可能是牠的兄弟，長相近似，更亦步亦趨。灰鼻偏愛串門子，喜愛跑到噴水池找小可憐。我這樣敘述，大抵說明，雖是同一個團體，但虎地貓的個性還是分明的。

牠們也展現了一個團體的特質，群居避寒，一起等待餵食。牠們棲息於最核心的位置，不虞食物來源的匱乏，因而地盤最狹小，本身之間也缺乏競爭關係。多數貓較少有追逐或好

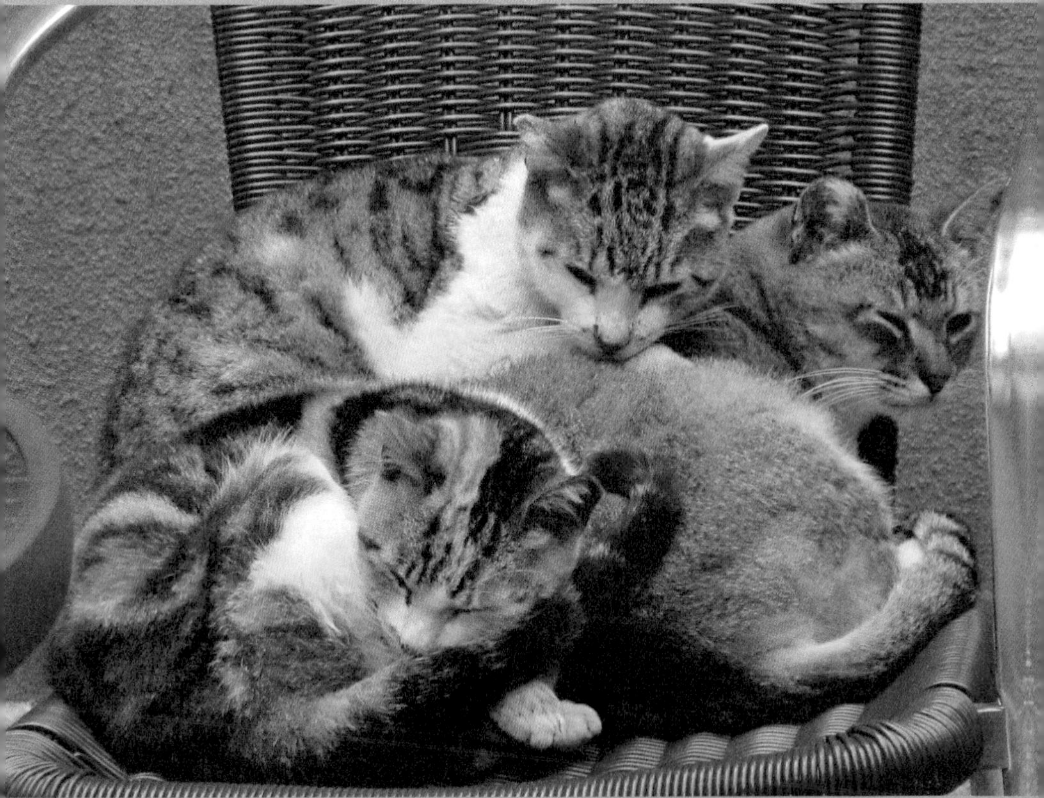

睡著，醒了，都窩在一起。

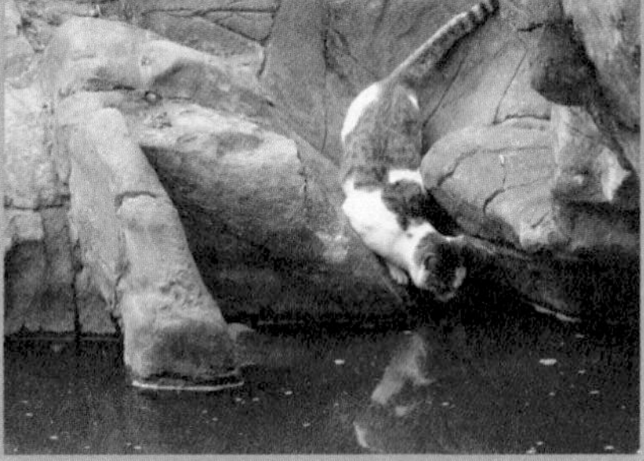

池裡的錦鯉令虎地貓虎視眈眈。

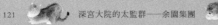

奇小動物的機會。不像其他區域的貓，還有些野外的刺激。

一隻貓的一天生活，走過的路線為何，以前有一日本貓書描述得很傳神，彷彿有固定路線，走上四五百公尺的長路。我的觀察經驗並非這樣。那恐怕是一隻跑單幫的貓，才會如此辛勤，而且位階處於優勢，食物不致欠缺。

虎地貓多數不願意跑太遠，尤其是接近食物核心地區的，領域不僅跟大家重疊，也謹守狹小的範圍。余園集團的貓便滿足於現狀，好像世界是一座小小的孤島。那疆界也不需要地理隔閡，牠們自然就會劃出一條看不見的鴻溝，清楚地畫地自限。

牠們多半慵懶而緩移，不太會機伶地躲閃人，更不可能，看到人即遠遠跑離。集團生活缺乏個性外，最讓我驚疑的是，觀察三四個月後，灰鼻消失了，小褐鼻消瘦了。連胖嘟嘟的紅線可能因長時吃到不好的食物，患了莫名的病，頓時萎靡如乞丐之形。

究其原因，池塘環境狹窄，整個集團老是在幾個淺紙盤食用飼料，若有一隻患病，其他也很容易因群聚而感染。

池塘邊其他單獨活動者也是。因為生活圈相近，都有病菌感染的問題。歪嘴不知為何患了口炎，舌頭不時吐露。紅眼、小兩點、一線的眼睛都罹患某種類似分泌物過多的病症。紅眼更只剩一隻眼睛可以觀看，最後食物愈吃愈少，鎮日趴在石頭上，連炙熱的太陽照射上身，

灰鼻（右）喜歡找小可憐（左）串門子。

黑鼻（左）和灰鼻（右）交情好。

紅線生病前（上），生病後（下）。

都懶得移動了。

每次看到這隻公貓病懨懨的樣子，都很難過，卻又不知如何幫牠。紅眼似乎罹患癌症末期般，絕望地拖著日益消瘦的身子。沒多久，便消失了，應該跟其他患重病的貓一樣，自尋一黑暗之處，終極隱逝。

其他跑單幫的也不用多贅述，就是這麼非正常街貓地活著，完全仰賴師生供給食物。從家庭寵物，變成學校寵物。

余園集團的貓群，都有自己的池岸領域，雖不明顯，但活動範圍大抵固定。我要找到牠們也最容易。牠們只在黃昏進食時，走到放置飼料的地方，平時多盤據在自己的岩塊，偶爾離開。只有下雨時，才會躲藏到石頭下的洞穴。

美麗而年輕的小狸，有時也在旁遠遠見學，但一如在北峰樹林的笨手笨腳，總是徒勞無功。或許當牠成功捉到第一尾錦鯉時才算長大。自信心產生了，牠便可加入集團的行列，或者，成為跑單幫的成員。

池塘邊展現過度擁擠的孤單，虎地貓在這兒明顯自我退化、消逝。多數都結紮下，午夜也較難聽到街貓的淒厲叫春，或彼此之間的活絡吵架。這兒真像紫禁城的深宮大院，大家繼續被動地跟著食物，緩慢而肥胖地移動，也帶著高危險的傳染病源生活著。

接近餵食時間，余園集團的眾貓們早已集聚在放飼料的地方。

紅眼的一隻眼睛不知何時受傷了。

灰鼻日漸消瘦，後來不見蹤影。

余園集團

世界並沒有變濕冷
但牠們彷彿瑟縮著自己
一隻跟一隻，緩慢地
被迫走在泥濘的路上

魯蛇的生活

灰毛

每天晨昏時，龜塘幫成員多半會集聚在雙峰山山腳下蹲伏。每隻的臉都朝行政大樓眺望，期待著某一學校的行政人員，攜帶貓食出現。

龜塘幫的棲息環境遼闊，牠們得以各自活動，彼此間很少形成余園集團的集聚行為，譬如三四隻睡在一起，或者共食一堆淺盤的食物。這一保持適當距離的情形，減低了群聚感染疾病的機率。

平時，若無一條龍帶來小小騷擾和波動，這兒彷彿處於安靜又平和的狀態。或許是最適合虎地貓棲息的校園環境。

貓的競爭和階級關係，在此一食物充裕的校園環境並不明顯，只有在吃飼料時才會展露。但彼此間仍有一默契存在，似乎透過某一個直覺和感受就能了然。貓與貓間不需要張牙

紅耳是龜塘幫的老大。

吃東西時，其他貓都要先禮讓紅耳。

舞爪，威嚇對方。此一狀態彷彿某一行之久遠的政治禮節，小小一個謙讓或超前，都已清楚透露訊息，無須太多其他動作。

有天早晨，我觀察到一次進食行為，終於確切知道牠們間的位階關係。經常照顧虎地貓的警衛，再次拎著貓食走到山腳。龜塘幫們都識得，安心地走過去。警衛像一位蒙古烤肉的主廚，熟練地沿著護牆，傾倒了四五小堆貓食，讓牠們各自散開來，安心地吃食，避免出現爭搶的情形。

我注意到半白、紅耳和小灰頭等四隻，高豎尾巴彷彿撐著旗幟，迎接警衛到來。進而排成一列，收尾，專注地享用晚餐。未幾，灰毛躡腳到來，站在後頭等待。我發現有好幾回餵食，牠都落在後面，也未舉尾示意。舉尾除了歡迎餵食者，似乎在也證明自己有最先食用的權力。灰毛的地位較低，不敢舉尾，只能站在後頭，等大家先用餐。之後，再跟隨。

原本以為，大家吃完就換牠了。不意，還有一隻，不常見的，叫三點。當紅耳等吃到一半時，三點先過來觀看。此一動作透露，牠的地位明顯比灰毛高。直到這些虎地貓都飽足了，才換灰毛挨過來，清理剩餘的食物。

由進食的狀況研判，粗尾的紅耳跟半白常最早吃，可能位階最高。灰毛則可能是龜塘幫地位最低的成員。後來我更發現，不僅餵食時，灰毛落在龜塘幫所有成員之後，連三塊或三

早上六點多警衛擺放飼料，龜塘幫依序就位（上），灰毛在後方靜靜等待（下）。

不知何時三點現身，牠走到龜塘幫身邊，東張西望，望眼欲穿。灰毛則閉眼休息，如老僧入定。終於有個成員吃完離開，三點轉頭望向灰毛，不知是否告誡牠，還輪不到你！

⑧

⑦

⑨

條這些跑單幫的，地位都比牠還高。

灰毛不僅地位低，全身總是髒兮兮。只見牠常要死不活，趴在樹林的落葉堆裡睡覺，或者孤單地走向無人理睬的食物，連一起臥眠取暖的夥伴都找不到。

我原本也以為，牠是否患了什麼病，放棄照顧自己。直到有回半夜，才看到牠展現活力。行政大樓和雙峰山間的廣場有一水塘，十來隻巴西龜棲息其間。水塘不大，約莫一輛轎車寬度，塘心有一小島。這群巴西龜，平時喜愛爬上小島暴晒，伸脖晒頸，久久不去。

虎地貓平時看似不搭理牠們，卻常走到水塘舔水。這兒彷彿是湧泉的聖地，好些虎地貓特別偏愛在此駐足。原來，貓的鼻子相當靈敏，新鮮的自來水往往含有濃重的化學物，還加了很多氯，容易產生氣味。相較於此，戶外水窪和水池裡看似汙濁的髒水，天然而無味，反而吸引力更強。

除此，水塘還有什麼特色呢？

半夜時，這兒出現了危險的獵捕遊戲。獵物是巴西龜，獵捕者自是虎地貓。夜深之後，巴西龜會設法游到岸邊露臉，想找個不同的地方休憩，或者尋找什麼。這時龜塘幫的貓們會潛伏到旁邊的灌叢，趁勢出手逮捕。

有天半夜，灰毛蹲伏在水塘邊，前爪早已就緒，就等一隻巴西龜露出水面，趁牠未及應

紅耳在水塘邊喝水。

龜塘幫平常大多在龜塘周遭活動，右圖綠籬內即為龜塘。

變，想要一掌摑下，順手擒拿上岸。烏龜上了岸，虎地貓即可完全掌控其命運。

灰毛耐心地等待著，有隻巴西龜如牠預期，在牠掌握的位置露出身子。灰毛毫不猶豫，一掌即快速出擊。但不要看巴西龜平常動作緩慢，此時牠何等耳聰目明，似乎未浮出，就隱隱感覺岸邊有潛伏者。因而本能地一縮，只留下空蕩的水波。

灰毛初次攻擊落空後，縮回濕漉漉的前爪。但並不死心，依舊蹲伏著，虎視眈眈地注意水塘。幾隻巴西龜早已機伶地轉換位置，從另一頭浮出，彷彿在恥笑灰毛。灰毛卻也未失志，乾脆趴在那兒閉眼。

有隻巴西龜看牠放棄了，安心地游過來，意欲上岸。此時卻見灰毛前爪迅快伸出。原來，灰毛一直在裝睡。巴西龜確實挨了牠一攫，但畢竟是在水中。再如何重擊，牠還能沉入水裡躲避。灰毛差點成為最早捉到巴西龜的虎地貓。但能以此痛快一擊，抒發剛才被戲弄的窘境，就足以扳回一城了。

隔天一早，我再經過雙峰山。一群行政人員正在餵食，幾隻龜塘幫專注地吃食，只有灰毛懶洋洋，仍然如過往，落在眾貓後頭。如果沒有昨晚的目睹，我還以為牠早就放棄自我，勉強苟活。

灰毛像沒脾氣的好好先生，彷彿沒什麼野心，總是獨自臥趴。

灰毛

彷彿最弱勢的一員
一直在角落等待機會
但機會如落葉的輕盈、飄飛

一面之緣 陌生客

那是我見過最驚恐的畫面。

有天早上，我如常在中式庭園，佇立池塘旁觀看錦鯉。歪嘴慵懶地躺在大石上休息。對面的石塊，同樣散布著其他虎地貓，各自閒逸地趴躺。

這塊大石接近余園集團的範圍，但集團成員很少停留，通常只有歪嘴會爬上大石。如果天氣陰灰，牠會一整天趴臥，打盹，舔毛，直到用餐時才離開。歪嘴多數時間單獨活動為多，池塘邊有好幾隻都如此，明顯缺乏走動。

我接近歪嘴，想要瞧瞧牠的近況，突然間，大石下竟有一隻貓，緩緩現身。牠似乎躺在池塘邊許久時日，準備離開了。只是牠才露出臉，我便被那張可怕的面容所震懾。

牠彷彿才跌落黏稠的油漆桶，辛苦地爬出。整個臉濕皺成一塊，毛鬚糾結，分辨不清鼻嘴，只一對眼睛勉強露出，哀怨而悲慘地望著我，內心似乎在喊，「救我！」

但那瞅望又深深地隱藏著毀滅，不期待任何幫忙。我呆愣著，手上持著相機，幾乎按不下快門。最後牠投以放棄的神色，低垂著頭，慢慢露出全身。緊貼著大石，緩緩移動。彷彿只有大石能夠給牠力量，又彷彿在告訴我，你看這是什麼環境，造成我如此絕望地活著。

整個身子露出後，牠的外形更加悽慘，乾癟而濕濡，明顯地拖了一個病身在苟活。過一陣，牠再度抬頭凝視我。好像我代表著整個世界，或是人類，牠則代表街貓族群在城市的不幸，以自己的可憐身形面對我。長時接觸街貓以來，這是我最害怕正視，束手無策的一回。

余園集團的十幾位成員，我幾乎都認識，牠從何而來，卻無法掌握。牠或者因病入膏肓，絕望地隱匿了自己的身子。最近才試著走出陰暗的空間，剛好被我不小心遇見。

牠停下腳步，又望向我。我充滿龐然的愧疚，像做錯事的孩子，杵立著，不敢離去，但臉稍稍撇開。

牠可能患了貓愛滋，因而造成這樣頹敗如鬼的身子。我的不知所措，似乎讓牠的絕望更為加深，隨即再慢慢移動。身子繼續磨擦著大石，似乎想擦掉痛苦。緊接著，舉步維艱地踏出每一小步。每一步都像千斤大石，深沉地踩踏在我的胸口。牠又走了三四步，抵達一處黑暗的隙縫。蹲下來，努力把自己塞了進去，最後只留下尾巴。

又過一陣，連露在外頭的尾巴也收縮進去，彷彿不想給世界任何一點不淨。那狹窄不規則的暗洞，只招來幾隻蒼蠅在洞口飛舞。

那兒彷彿是地獄的入口，牠走了進去不再出來。後來的一個星期，我每天都在洞口凝望著，都未再見到牠，只有蒼蠅飛繞不去。

兩星期後，換小狸的媽媽褐嘴也詭異地走了進去。又過兩天，褐嘴在洞口外不遠處，病歿了。

從流浪貓的角度，周遭許多下水道形成的黑暗環境，是牠們熟悉而溫暖的甬道。一走進去，彷彿可能擺脫地表世界突如其來的不測，但這洞口彷彿帶著不祥，通向死亡。

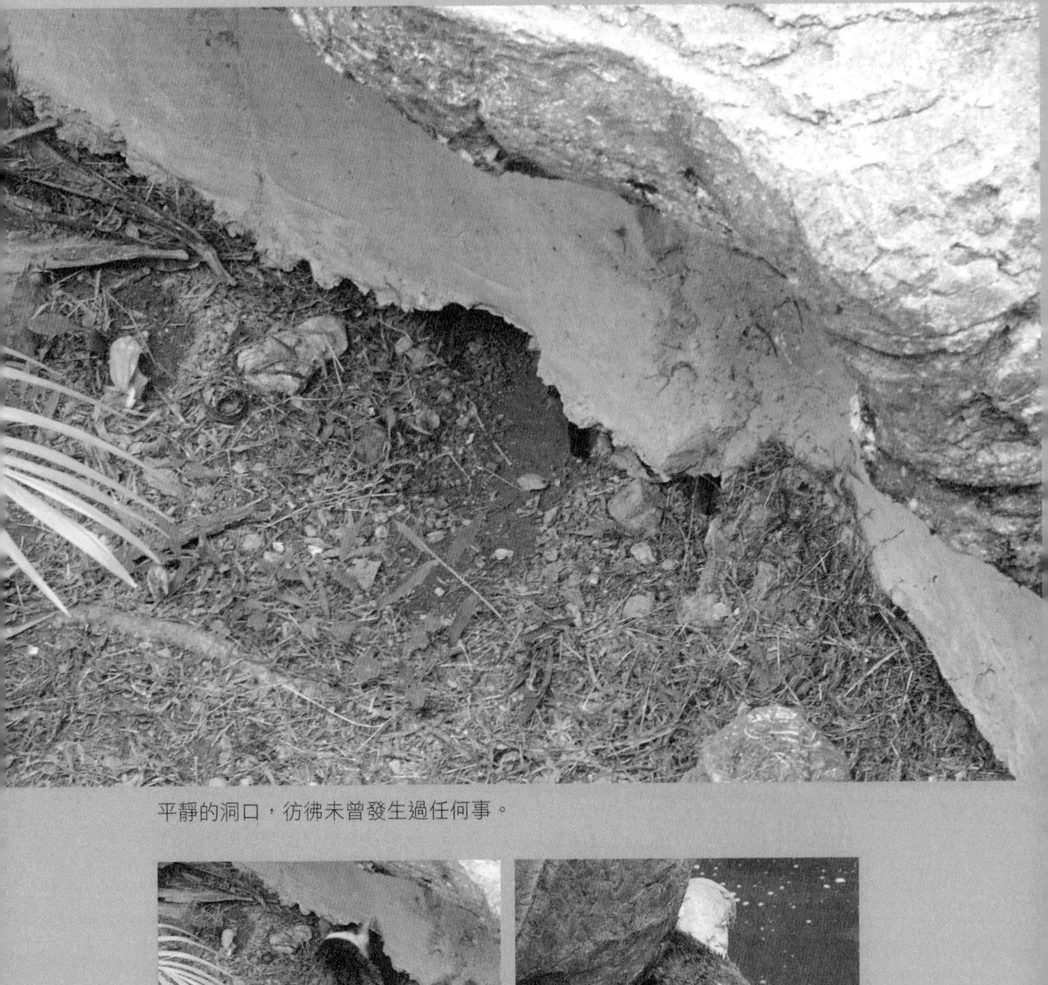

平靜的洞口，彷彿未曾發生過任何事。

陌生客令人驚恐不忍的畫面，昭告了街貓悲慘的餘生。

陌生客

牠不是地獄來的惡魔
而是放棄天堂和自己了

積極進取的典型

灰頭蓋

母貓灰頭蓋出現於現代花園時，那兒已形成一個穩固的五人幫集團，容不得牠的加入，牠只能等待機會。

初時，這個集團的成員有四隻。分別是全身金黃毛皮的黃小虎，嘴巴白淨的小白嘴，擁有酒糟鼻般的小紅鼻，還有黃褐交雜的中背黃。後來，臉部暗褐色的雜臉緊跟在旁，進而被團體接納。

這一逐漸接近形成的團體，擁有一塊寬闊的階梯領域，庭園有小溪流穿過。環境優質，每一隻的生長，明顯比余園集團良好。極欲尋求認可的灰頭蓋看在眼裡，恐怕愈加吃味。

五人幫常集聚休息，隆冬時，多在草圃蜷伏成堆，縮成小團，彼此取暖。有時則分成兩團，保持不遠的位置。然後，長睡很久醒來，各自梳理，再一起去覓食區找飼料吃，或者等

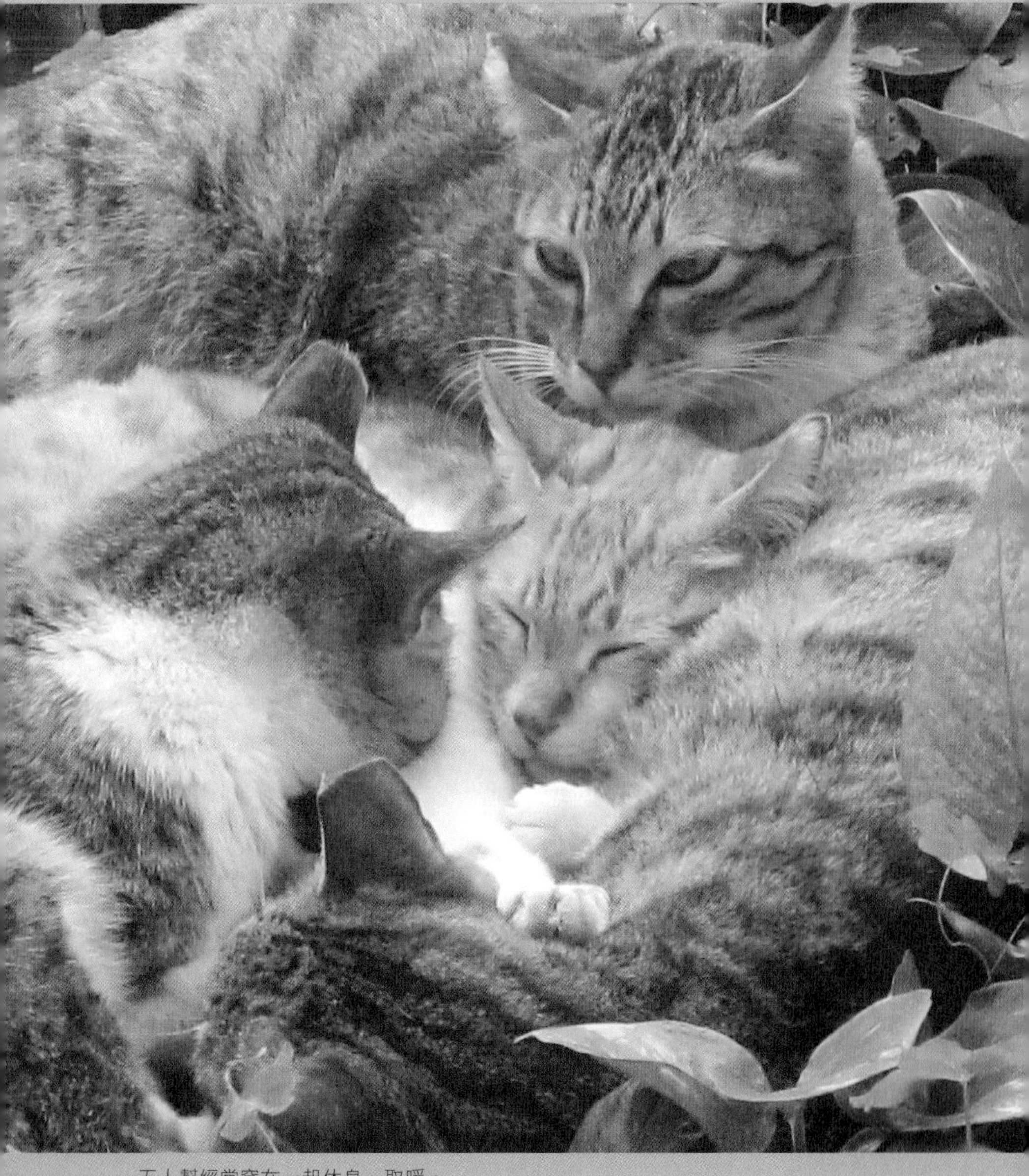

五人幫經常窩在一起休息、取暖。

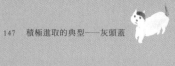

候食物的到來。平時照面時，彼此以頭碰頭，相互蹭來蹭去，表示親熱和熟識。

牠們掌控了整個現代花園的主要區域。睡覺的地方多半在樹蔭下的開闊草地。小白嘴和小紅鼻體型壯碩，身形最接近，彼此感情亦好。我初時以為，這五隻的老大是黃小虎。時日一久，從吃食的順序研判，小白嘴和小紅鼻的位階似乎最高，小白嘴更顯突出。

牠們的棲息位置，旁邊緊鄰著白臉集團。五人幫成員眾多，有公有母，食物不虞匱乏。牠們亦不踰越，隨便跟隔壁的白臉集團挑釁。

當任何一隻接近白臉集團的範圍時，那兒彷彿有一條隱形邊界存在著，不得隨便超過。每當其中一隻起身遊蕩，接近兩集團邊界時，我心裡頭都會暗自喊道，「應該折返了吧！」

果然，五人幫的貓走到某一接近白臉集團的草地，或者任何空間時，都會停下腳步。我想那兒應該散發一種氣味，或者是某一貓才知曉的疆界記號。牠們清楚意識，那兒不能再往前，隨即再緩慢地繞回自己的家園。

此時，灰頭蓋在游泳池這一頭，孤單地趴在木麻黃樹下的草地，窺望般地遠遠觀察。腦海裡可能一直在盤算，應該如何擠進集團，被眾貓接納。

有好幾回，天冷時，五人幫眾貓趴躺草原。生性多疑的灰頭蓋，在不遠處的草叢醒來，臉不自覺隨即朝那頭望去。五人幫的位置，牠不敢隨便靠近，彷彿那兒是禁地。同時，也很

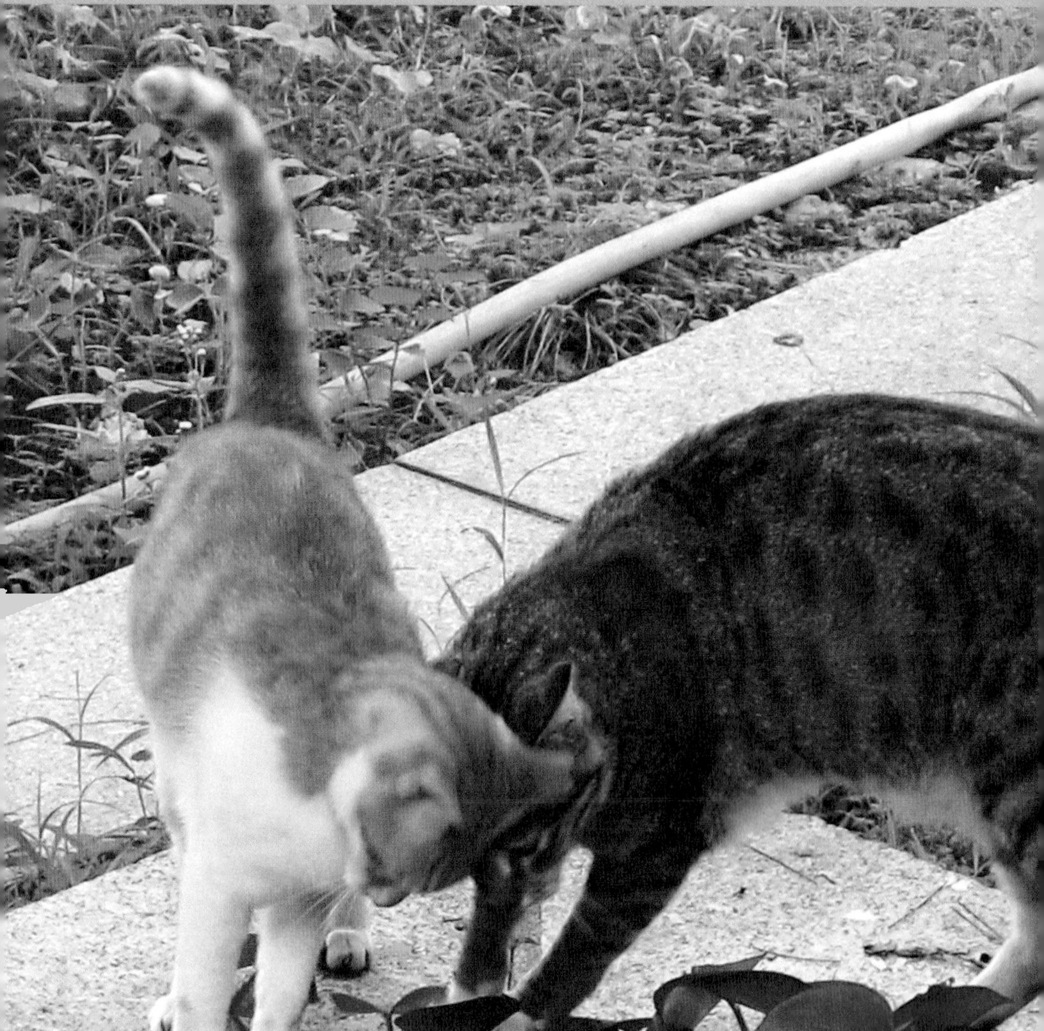

五人幫經常以頭碰頭打招呼。

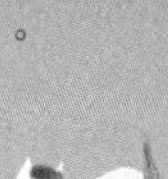

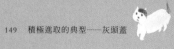

小紅鼻是小白嘴堅定的後盾。

四缺一的五人幫。

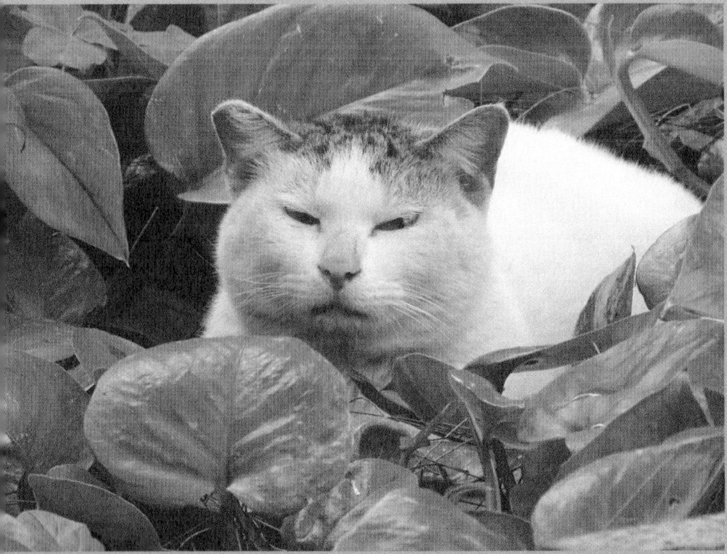

灰頭蓋孤伶伶等待機會。

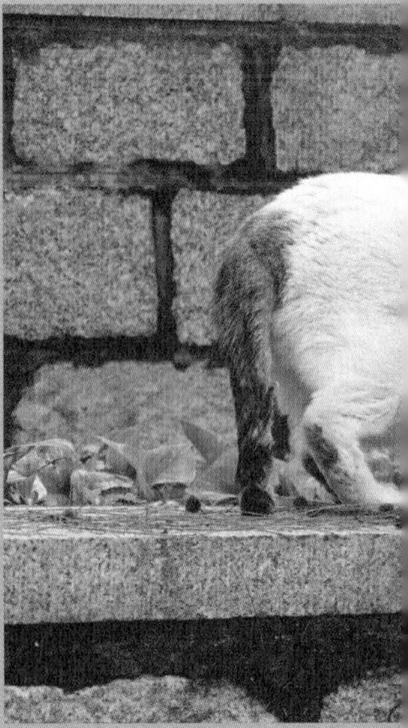

灰頭蓋不敢隨便靠近五人幫。

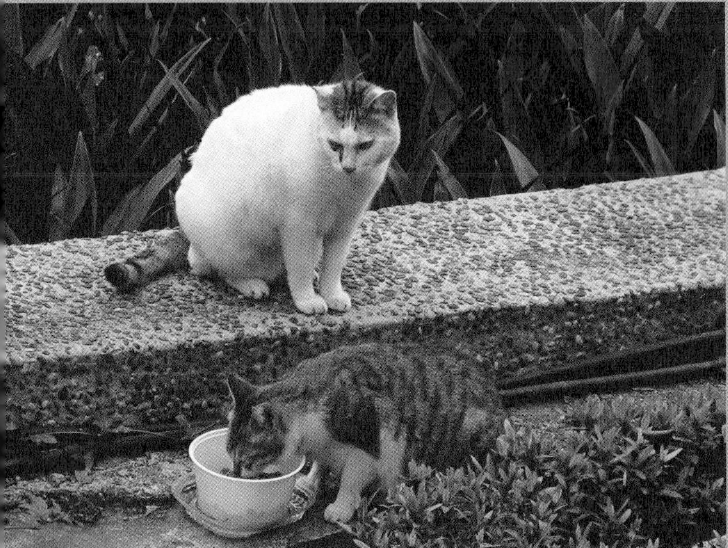

小白嘴進食完才輪到灰頭蓋吃。

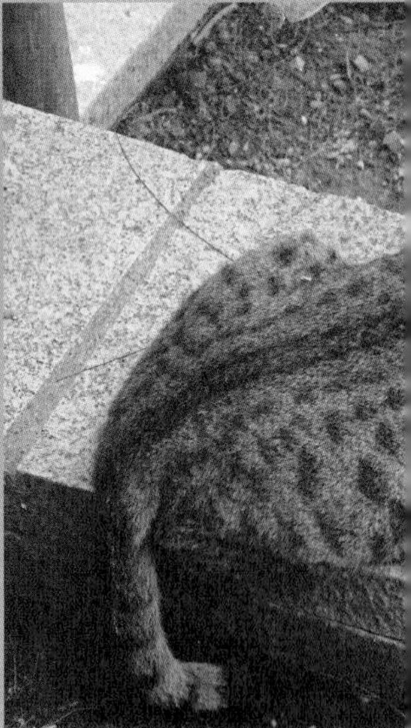

小白嘴常教訓灰頭蓋。

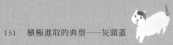

擔心牠們晃蕩過來。灰頭蓋的地位明顯低了好些，雖未被排擠，卻也沒被認同，只能在此角落窩居。

偏偏，五人幫棲息的位置，最接近校園師生擺置飼料的地方，灰頭蓋若想獲得較好的食物，都得小心翼翼到那兒找吃的。因而每次去，都得異常謹慎，生怕被五人幫看不順眼，衝過來欺負。

另外，還有一隻黃貓，叫淡小黃，同樣也是孤單身分。從集團的勢力範圍綜觀，牠棲息的位置更偏遠，緊靠游泳池旁邊的高壓電塔下，地位又比灰頭蓋更加卑微。

灰頭蓋在此生活，最倒楣的遭遇，大概是被小白嘴教訓。

那一次，牠趁大家都在休息，走到一處邊角的水溝吃飼料。淡小黃察覺牠要接近，機伶地先溜走，免得遭牠攻擊。按理，這兒也是邊陲，並非五人幫習慣棲息的位置。怎知，當牠吃到一半，赫然發現，不知何時，小白嘴已挨到牠眼前。

牠愣了一下，小白嘴靠過來，冷冷地嗅聞牠。灰頭蓋繼續驚愣，不知如何自處，也無法忖度小白嘴即將要做什麼。但牠本能地往後縮緊身子，退一小步。說時遲，小白嘴毫不給機會，隨即伸爪橫掃過來。還好灰頭蓋夠機警，一個閃身，夾尾溜走。牠迅快躲進旁邊的水溝蓋裡頭，仗著這一倚靠，抵擋小白嘴的攻擊。小白嘴站在水溝蓋，不時用前爪逗弄，且透過

灰頭蓋（上）總是獨自在木麻黃樹下，不敢踰越。五人幫則集聚一塊，或在不遠處，如中背黃（右中）。

小白嘴驅趕灰頭蓋，灰頭蓋退了幾步，小白嘴繼續發動攻勢，灰頭蓋隨後逃到水溝下。小白嘴還不罷休，在上面守著，最後乾脆趴臥下來，繼續對峙。

⑦
⑧
⑨
⑩
⑪
⑫

隙縫觀察了好一陣。灰頭蓋再如何笨也不會貿然露臉，更沒勇氣出來。

僵持好一陣，小白嘴悻然離去。許久之後，灰頭蓋心有餘悸地冒頭。那時我才恍然明白，平日牠常朝五人幫睇望之因了。我也看到灰頭蓋臉上鼻樑間有一道傷痕，也不知何時被誰教訓了。總之，灰頭蓋照舊孤獨地在木麻黃樹下休息，繼續遠遠眺望五人幫的動靜。

但一個月後，灰頭蓋的階級有了略微調整。此時，五人幫有些轉變，因而讓灰頭蓋有了進一步加入團體的機會，慢慢地從一個外來邊緣的角色，逐漸攻占更核心的位置。

五人幫最大的變化有二。

中背黃逐漸落單，當大家集聚時，牠多半滯留在領域中的水池邊。我懷疑牠患了某種疾病，因而身形日益消瘦，彷彿在那兒消磨病痛。

黃小虎也不像其他三隻保持健壯。牠常獨自跑到白臉集團棲息的邊界活動，或者單獨爬上大樹幹遠眺或休息。這是什麼原因，很難解釋。街貓在野外的生活度日如月，各種危險隨時都會發生，包括疾病的傳染。虎地多貓，飲食起居密集，染病機率也比其他家貓嚴重許多。現代花園再開闊，還是免不了感染。

從這時起，這個集團逐漸改由其他三隻領導，彼此繼續偎倚生活，形影不離。

每早灰頭蓋繼續按舊習慣，從下水道露臉，梳理身上皮毛。若不到木麻黃樹下，觀望一

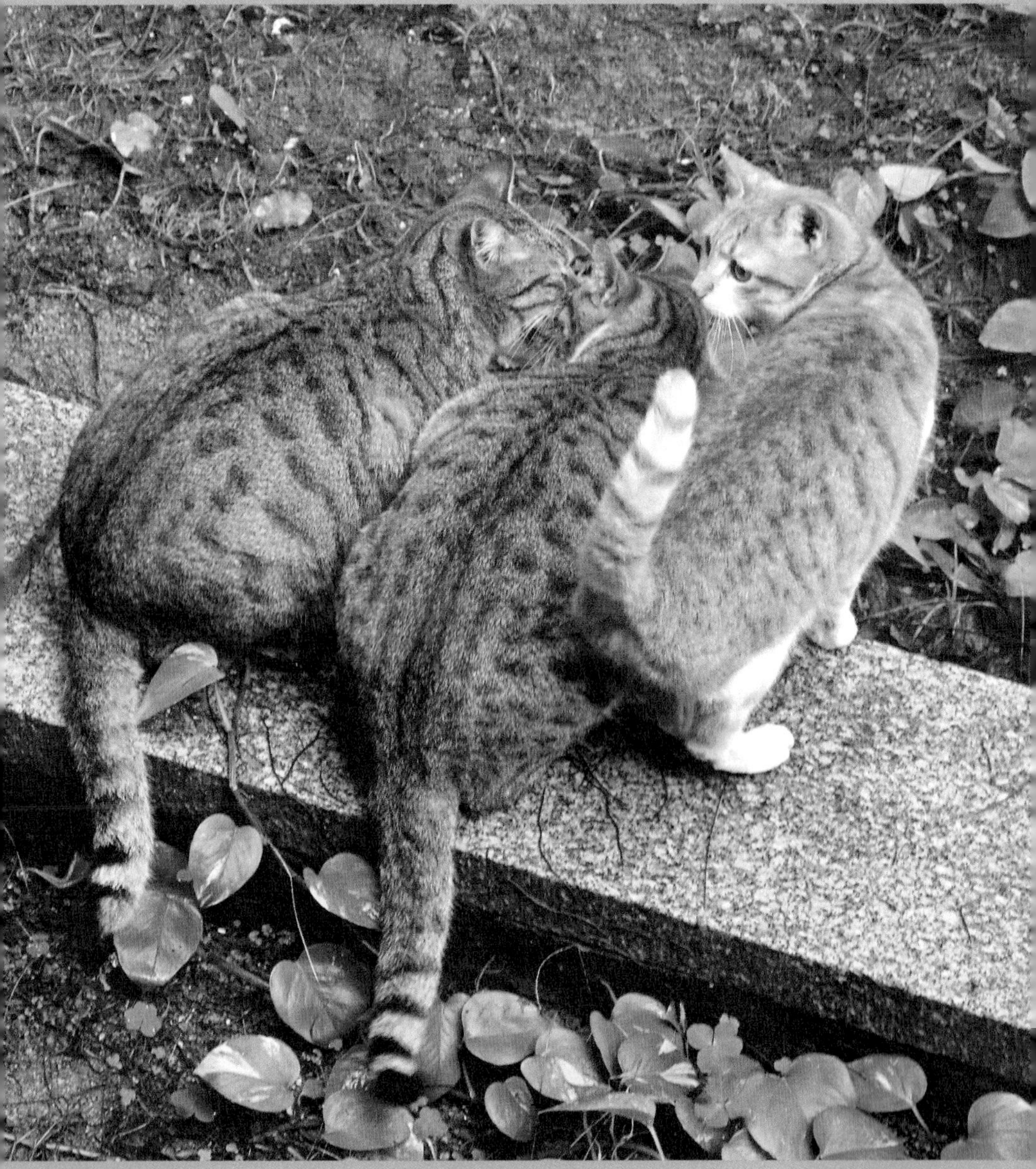

黃小虎（右一）本來常跟小白嘴、小紅鼻在一起。

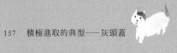

陣後，就會尋找食物吃。以前牠偏好去淡小黃出沒的位置，那是過去較常滯留的地方，現在偶爾會靠到五人幫集聚的草地。灰頭蓋趁牠們趴臥時，到那兒偷食。發現沒什麼威嚇，次數便也逐漸增多。

有回下午，愛貓人珍妮在餵食，五人幫全部靠上，小白嘴先吃，接著小紅鼻、雜臉、中背黃和黃小虎依序跟進。五人幫吃得津津有味時，灰頭蓋出現了。牠在其中穿插，發現毫無容身的位置，根本不敢過去搶食。但牠等待著，等小白嘴和黃小虎吃完離去，便大膽趨前，大口搶食。等其他貓也吃完離去，牠仍繼續在那兒猛吃。這時我發現，灰頭蓋明顯的比以往肥胖許多。

那天進食完，灰頭蓋還在當地停留一陣，其他貓並未理睬。接著，牠滿足地走回木麻黃區的老據點。突然間，看到不遠處，淡小黃居然在快樂翻滾。那位置或許超越了淡小黃不可踰越的界線，但只是超出一點而已。灰頭蓋卻不知何來的醋勁，頓時大發雷霆，迅即追逐過去，展開無情地攻擊。淡小黃嚇得躲回電塔附近，不敢再出來。

灰頭蓋明顯無法忍受，階級比牠低的淡小黃擁有快樂的生活。最好都是卑微而忍氣吞聲，不存在般地存在著。

那時我恍然明白，淡小黃平時為何都躲在高壓電塔下一角休息、玩耍，怯生生地不敢隨

五人幫各自占據一個飼料盒，埋首進食。

灰頭蓋從角落現身，牠穿梭其中，等到有成員吃飽離開才敢吃。大家都離開後，牠仍獨自梭巡撿食。

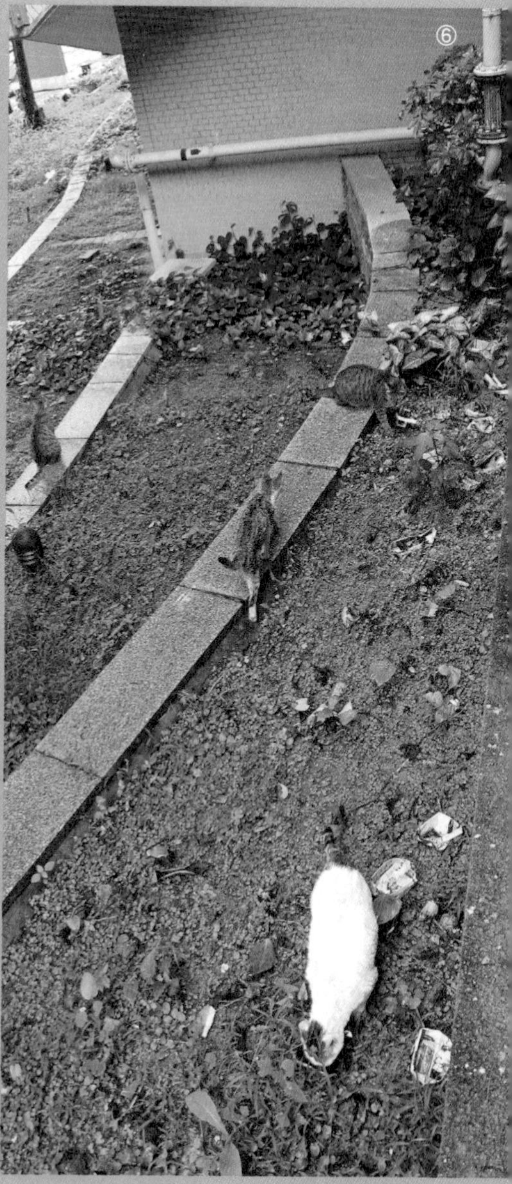
⑥

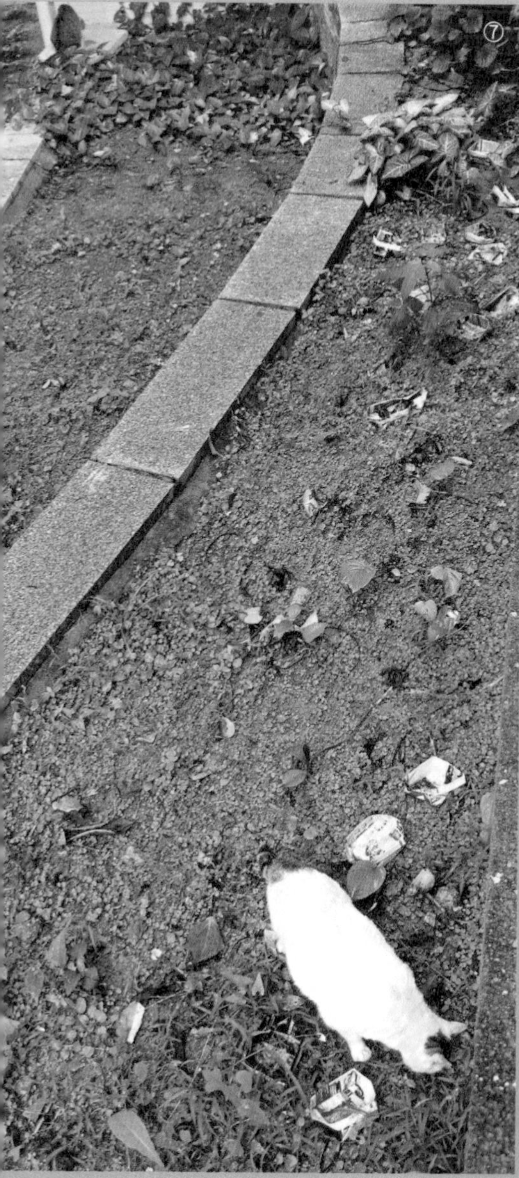
⑦

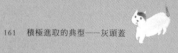

便露臉。原來，灰頭蓋一直在監督和壓制牠。

灰頭蓋雖然對淡小黃兇狠，卻對另一隻新來的貓，小黑手，採取寬容的態度。小黑手這一隻生活得很謹慎，同樣遊蕩在邊緣。灰頭蓋只針對淡小黃，因為淡小黃的地位最接近牠。牠的策略是盯住淡小黃即可，新來的小黑手，交由淡小黃去對付。

現代花園裡眾貓之間的階級地位，大小秩序，鮮明地綻露。團體的力量最大，接續才是那些單獨生活，積極想加入的貓隻，依序於後排列。

後來灰頭蓋不只教訓淡小黃，有天用完餐，看到黃小虎站上高牆，似乎看了很不爽，馬上過去挑釁。黃小虎退讓了，但這一閃避，讓灰頭蓋得寸進尺，掌握機會繼續追擊，當著小白嘴的面，欺負黃小虎。此後，黃小虎總是很小心灰頭蓋的動作。

從灰頭蓋的行徑，我看到街貓的生存策略，以及如何晉升到集團核心的生活方式。牠必須隨時欺上壓下，才能保持自己的位階。我幾乎可以想像，再過沒多久，灰頭蓋會變成核心成員，甚至挑戰小白嘴，躍升為集團的老大。

跑單幫的貓，喜愛大範圍到處遊蕩，這一類多半信心十足，個性強勢，但隻數不多。還有另一種單獨的，多半像灰頭蓋，慣性地屈就於一個地方，努力在那小小範圍裡，爭取自己在集團的地位。

現代花園是灰頭蓋的家園，也是老被牠欺負的淡小黃的世界。果然，那年秋日，灰頭蓋終於有機會和小白嘴等偎倚在一起，而淡小黃取代了牠先前的位置，但也繼續緊盯著那隻新來的，絕不允許牠大剌剌地現身。至於黃小虎，正在老去，逐漸邊緣化，遲早會消失。

灰頭蓋汲汲於生存的努力，應該是很多街貓在外成長奮鬥的縮影，希望牠擁有許多幸運，活得夠久。

淡小黃安身在電塔下。

小黑手位階最低。

黃小虎後來被灰頭蓋欺負。

灰頭蓋

每次醒來，都要確定位階
確定自己的茁壯
不容其他競爭對手踰越
也隨時爭取被認可的機會

小白嘴

寂靜不動

沉穩如山

所有威嚴都從牠腳爪下延伸而出

隱隱成為集團裡最強大的安定力量

雙人組的奮鬥

白臉集團

開闊的永安廣場，銜接著穿堂和校門，乃多數師生進出必經之地。

但對虎地貓來說，此地猶如沙漠橫隔。兩邊各有集團，彼此少有往來。兩地也都是虎地貓最核心的據點。左側為現代花園，乃五人幫的地盤。右邊中式庭園，散布著余園集團成員。牠們各有八九隻到十來隻，在領域裡來去。余園面積不大，貓群來往緊密，容易感染疾病。現代花園地形較為遼闊，虎地貓患病情形較少發生。

有趣的是，現代花園和永安廣場間，還有一小塊環境，屬於白臉和怒臉這對公貓搭檔的領域。那是一處狹長的花圃，園區內主要有鳳凰樹、細葉榕和樹頭菜等大喬木遮護，樹下則是合果芋密生的草地。

隆冬時節，細雨綿綿，這對貓經常蜷縮身子，在大樓下避雨的位置偎靠一起。等雨停了，

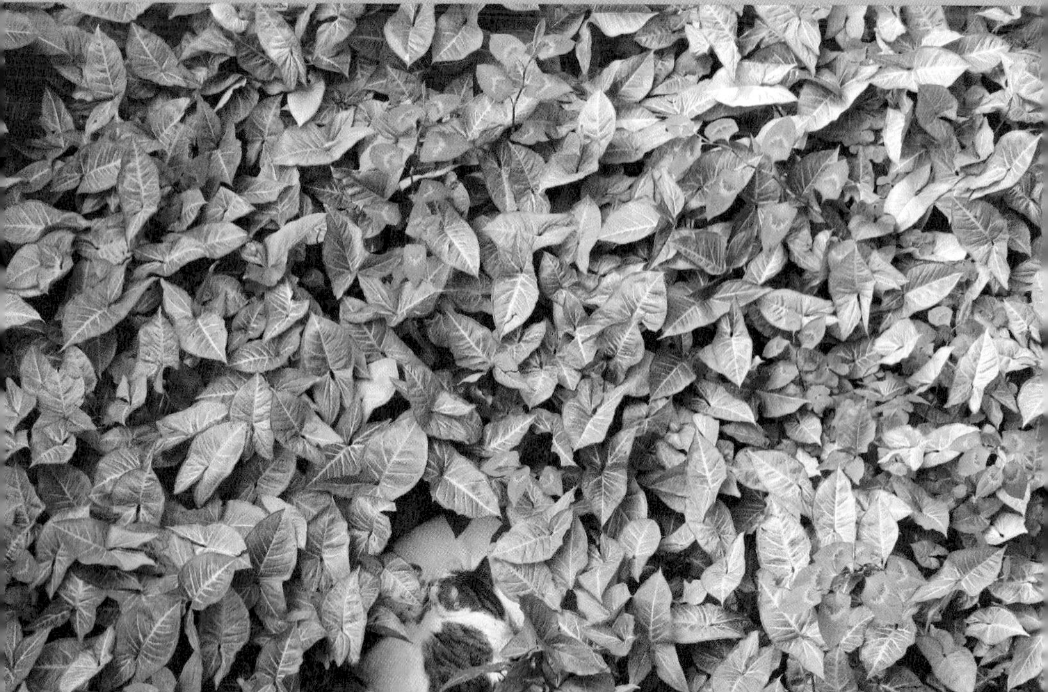

白臉和怒臉藏身在合果芋園圃裡。

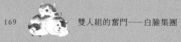

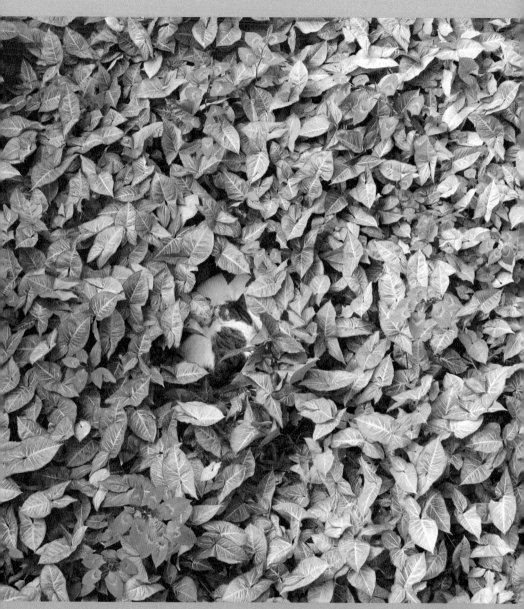

往往移位到青綠濃密的合果芋草地，鎮日趴伏在那兒。合果芋株株長得像姑婆芋幼株，葉大而隱密。牠們躺在裡頭，任何人走過，若不停駐，或者仔細觀看，難以窺察到裡面的情形。

天冷時，虎地貓常集聚並睡，甚而親密地偎倚一塊。貓本來就需要大量睡眠，此時愈加愛臥躺。從樓下俯瞰這等眾貓集聚酣睡的姿態，遠比親近撫摸，更感窩心而溫暖。

白臉和怒臉，這對公貓更是超乎尋常地相親相愛。或許也是這層強力的夥伴關係，才能在兩大集團間，掙得此一位置。平常只見，牠們相互倚靠，蜷曲成團。不時以前爪攀搭對方身子，相互舔舐對方頭部，幫忙梳理這一難以自我清理的部位。

醒來活動時，更是出雙入對，一起覓食，一起徘徊，焦孟不離。白臉比怒臉敏感，一有狀況都先驚醒，率頭離去。怒臉再跟著起身。兩隻貓會不會勢單力薄，難以對抗其他集團？一點也不，兩隻都長得健壯高大，因而在兩大集團中，還能維持一方勢力範圍，不管哪邊，都有一道清楚的隱形疆界。五人幫緊鄰在旁，卻清楚範圍，絕不越界。遑論余園集團，隔著寬闊的永安廣場。

這一領域也不只有牠們。還有兩隻算是寄人籬下，分別是小可憐和小黑點。這兩隻雖常一起出現，但各自活動。

公貓小黑點棲息的位置，接近白臉和怒臉，但很怕被牠們察覺。有一回，牠在鳳凰樹下，

白臉和怒臉相親相愛，相互幫忙理毛。

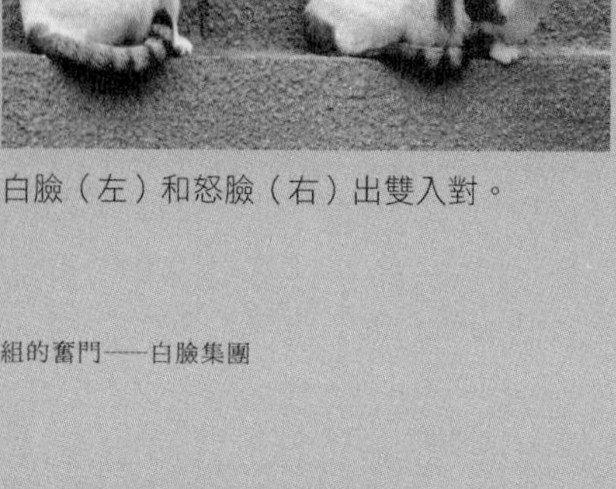

白臉（左）和怒臉（右）出雙入對。

被怒臉修理後，驚嚇得不敢再在那兒現身。牠被迫退到後頭的噴水池活動，跟怒臉保持距離。

母貓小可憐長得瘦小，白臉搭檔根本無視牠的存在。牠是隻暗色虎斑貓，瘦弱而嬌小，很愛黏人。落單的牠一直在尋找伴侶，試圖親近其他貓。

我初來時，小黑點本來有一位夥伴，叫短尾，兩隻形影不離。生活領域在噴水池附近。有天黃昏，三位學校的行政人員帶著紙箱前來。她們是愛貓人士，最近餵食時，注意到短尾的眼睛不太對勁，可能有大量分泌物。她們試圖捕捉，帶到獸醫那兒看病。

麻煩的是，她們沒有捉過貓，遂要求我幫忙。我們利用飼料誘引，或者以眾人圍捕，結果耗費了兩個小時，最後宣告放棄。在捕捉等候的過程裡，我跟她們閒聊，這才知，學校裏不少貓都有腎衰竭或者貓愛滋的問題。這些愛心的貓志工時常自掏腰包，帶學校的貓到外頭去看診。

隔天，她們改用堅壁清野的策略，只在籠子裡擺放飼料，才逼使短尾就逮。怎知，帶到動物醫院後，因生病過重，無法醫治了。害大夥兒很自責，也很傷心，早知有此結局，還不如讓牠在這兒自然消失。

短尾不再回來後，小黑點孤伶伶，常在噴水池晃蕩。有時小可憐想靠近，但小黑點保持距離，不想跟牠結伴，寧可獨自活動。

小黑點（上）失去同伴短尾後，寧可獨處，不理會小可憐（下）。

小可憐想要一個同伴。

小黑點局限在噴水池附近活動。

話說白臉搭檔偶爾會到噴水池覓食，小黑點自是閃得遠遠，小可憐也會跟牠們保持距離。多數時候，白臉集團謹守在此一狹長地帶遊蕩，不會越過此區，跟其他兩區的貓衝突。

整個冬天，白臉搭檔多半在合果芋草地變換棲息位置，日子過得悠哉，直到旁邊的大樓開始整修。

大樓修建時要搭鷹架，整個地貌大幅改變。此時，白臉搭檔還能忍受工程的敲打聲，第三隻貓也介入了。一隻偶爾出現的短尾貓紅鼻子出現。紅鼻子跟牠們先前是什麼關係，我不甚清楚。但春初以後，這對搭檔變成三人行。一起睡在合果芋草地。更多時候，還是紅鼻子和怒臉一起，反而讓白臉落單了。

等鷹架搭好，建築工人進進出出，油漆汙漬掉落許多，合果芋草地受到很大影響。三人行的情況又有了改變。白臉繼續單獨來去，彷彿獨撐大局，怒臉和紅鼻子則跑到他地。

天氣逐漸炎熱，虎地貓不愛相互倚靠。又過一陣，紅鼻子得了腎臟病，變得愈來愈瘦。怒臉也很少跟牠走在一塊，不知去向。整個區域繼續剩下白臉孤立著，還有小可憐在遊蕩。

現代花園的貓群大概感受到了，逐漸擴大生活範圍。以前白臉和怒臉活動的水渠邊，現在逐漸有五人幫進出。

人類對環境的干擾，明顯地改變了一支族群的命運，包括牠們之間的關係和生態。但這

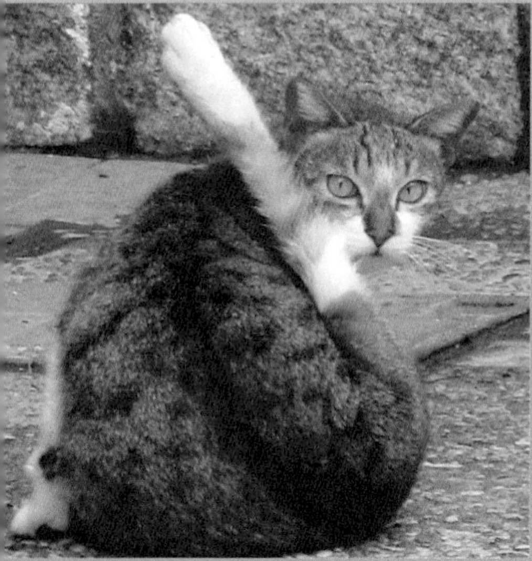

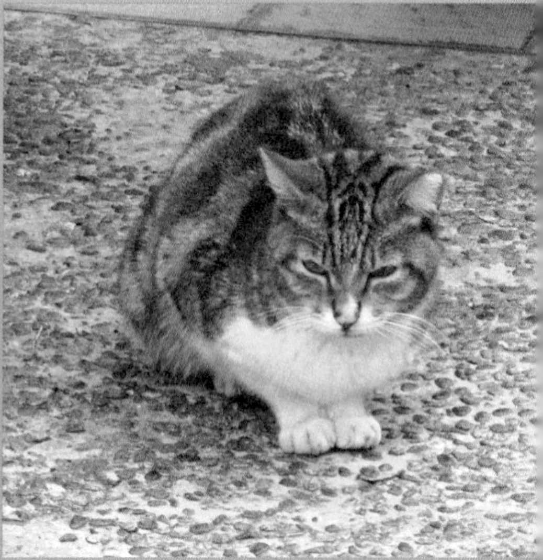

短尾（右）和紅鼻子（左）先後罹病。

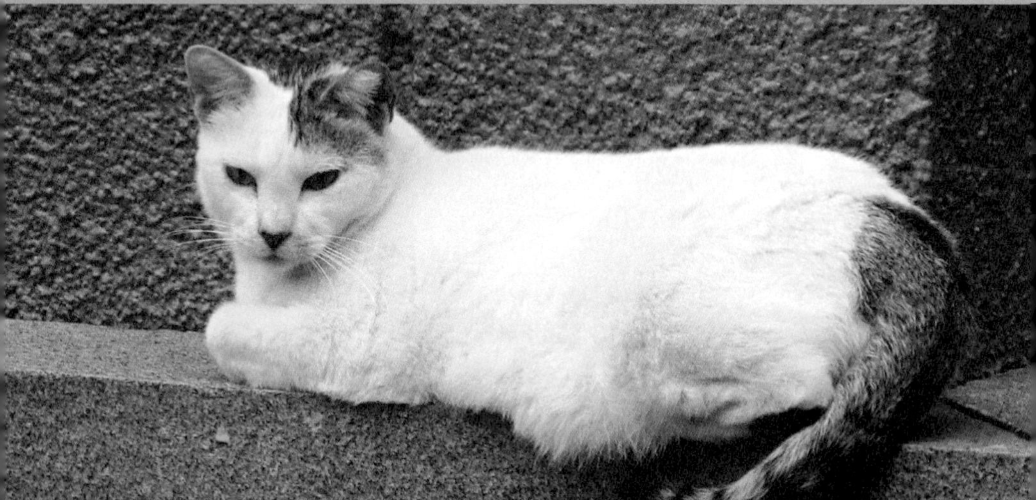

白臉後來變成獨行俠。

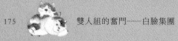

紅鼻子成功插足，雙臉組變成三人行。

只是一微不足道的小事，不會有人注意。我在台灣也遇過好幾回同樣的情形，一群貓的穩固關係和階級地位，因建築工事帶來了環境變化，整個族群的關係快速瓦解。

我最懷念，站在二樓陽台，往下俯瞰，凝視著牠們，在草地裡緊緊相擁入眠的情境。街貓若有此美麗時光，想必是最大的幸福了。

怒臉不知去向，真希望牠依舊躲在合果芋園圃裡。

白臉集團

睡覺時，牠們常以腳勾搭
展現堅強的友誼
相互的支持
圈出最小而美麗的家園

幼小的新住民

小山果

旅居的最後一個月。星期一早晨，經過余園池塘時，聽到了小貓的淒厲叫聲。乍聽到，還以為是黑斑懷孕出生的孩子，終於出來活動。等到接近，才發覺不是那麼回事。陰暗的觀音棕竹草叢裡，有隻褐白色的小貓正在哀嚎。那隻小貓看起來才剛剛斷奶，立即被遺棄。可能是昨天例假日，有人偷偷帶到學校來丟置。

不少外地人知道虎地照顧了許多街貓，因而欲棄養時，都會想帶到這所大學。虎地為何多貓，主因便在此。其發展後來一如猴硐貓村，假日時常吸引遊客走訪。小山果，無疑是在此一背景下，莫名地被人帶到此。

小山果似乎以花圃牆角的地洞為家。那是條扁長的隙縫，牠只敢站在那兒鳴叫，一有任何動靜隨即躲回地洞裡。從小即具有這樣的避敵意識，我研判，牠原本就是在較為不友善的

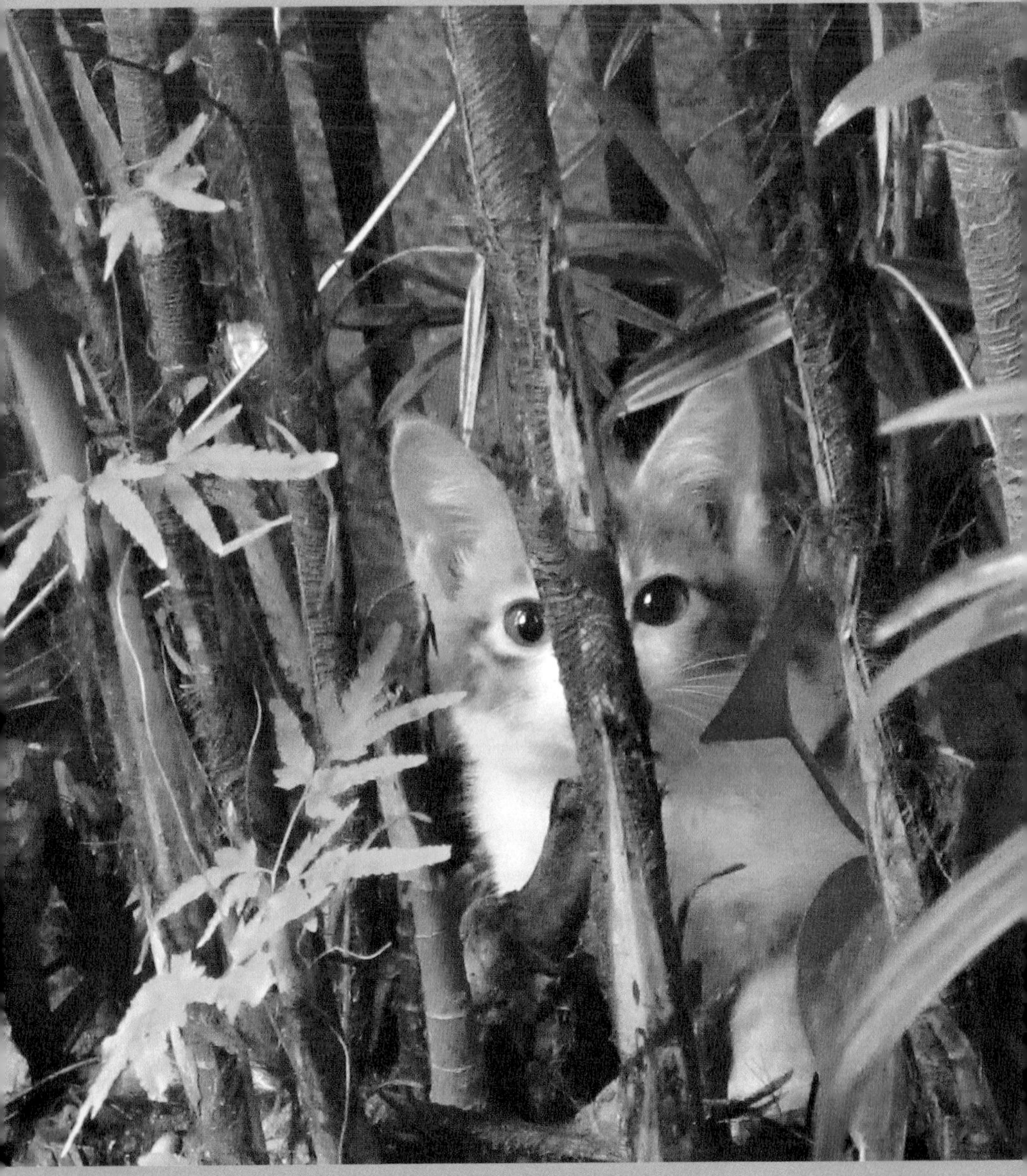

初到校園，小山果躲在觀音棕竹草叢裡，露出一雙明亮的大眼。

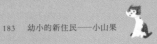

環境長大，只是不知何故被帶來。

牠似乎也很困惑，自己為何出現在此，於是大聲哀嚎，叫得周遭都聽得清楚，但一看到人接近，馬上機伶地躲入護牆下的幽暗地洞，遲遲不願出來。有時只在洞口露出模糊的小臉，怯生而驚恐地看著外頭的動靜。後來，觀察了三四天，才清楚窺見，牠擁有褐斑白毛的外形，以及一截醜陋的短尾，好像鬆脫的絨毛。

乍聞其哀嚎時，再看到一對大耳，瘦小乾癟的身子，很擔心牠還未斷奶，飲食會否出現問題。愛貓人士放置的食物，多半是乾飼料，我更懷疑小山果是否咬得動。況且食物離牠至少五公尺遠，擺置於空曠地區，中間都是隱密的盆栽草木。我擔心，牠可能無能力，或者沒有勇氣走到那兒覓食。

更重要的是水源。餓肚子是一回事，沒有水，恐怕難以生存。所幸，那幾日落下毛毛雨。但我仍擔心，小山果是否能及時取得水源。或者只能就著樹葉，沾一些水分撐住瘦弱的身子。

隔天，不在此餵貓食的我，還是破例，買了鯖魚肉的貓食罐頭。一大早便把食物放進四方形紙盒，放到洞口上方的小平台。不消幾分鐘，小山果聞著美味，跳到那兒大口嚼食。我想，牠八成是餓壞肚子了，埋頭唏哩呼嚕，很快就吃得一乾二淨。魚肉罐頭含有醬汁，看到牠吃飽，我當然安心許多。牠能如此敏銳地嗅聞到食物，馬上跑出來吃，足見已擁有尋找食

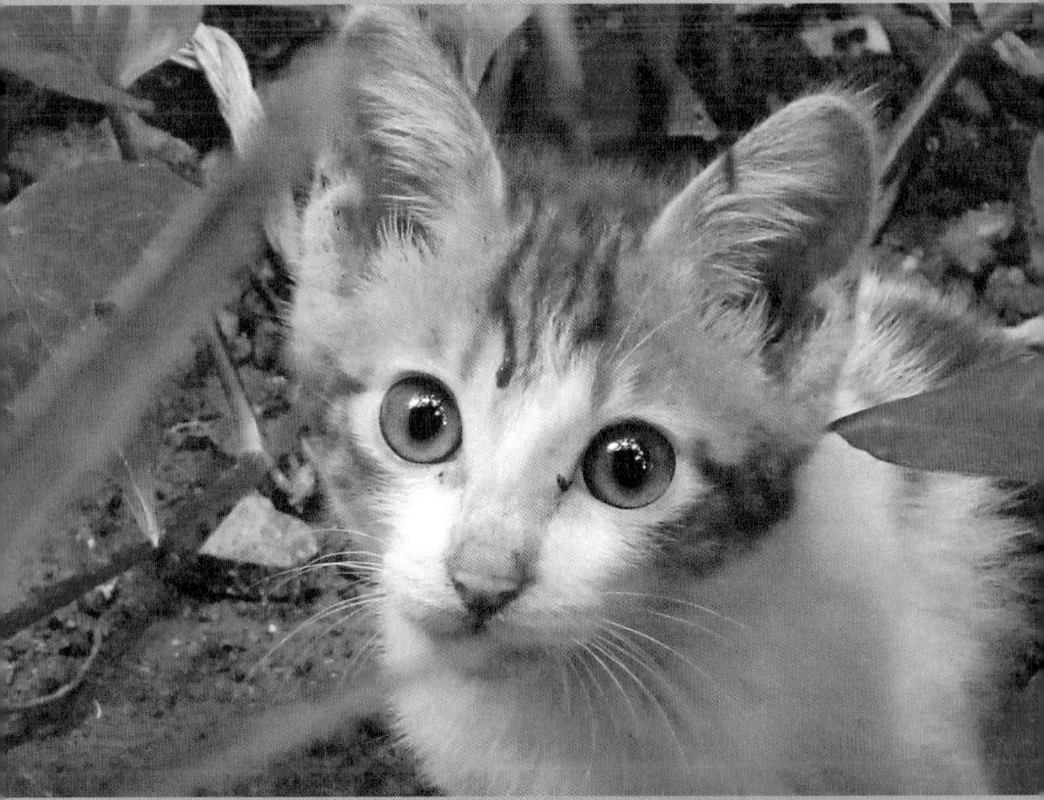

小山果經常瞪著大眼，一臉驚恐。

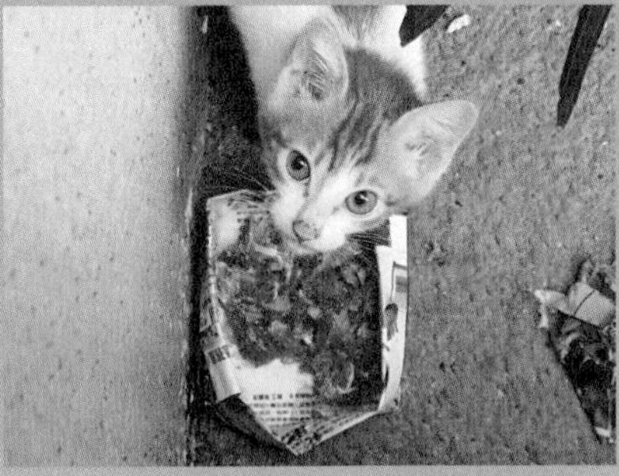

擔心牠撐不住，我買了一回貓食罐頭。

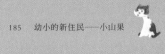

物的能力了。

虎地許久沒有年輕的小貓出現，除了小狸之外，牠是最小的。雖是外頭進來的棄貓，但看到牠出現校園，還是充滿添注新生命的振奮。

不過，我這一放置罐頭食物的行動，引發了旁邊佘園和龜塘大貓們的覬覦。對牠們而言，乾飼料猶如每天都在吃滷肉飯，突然間罐頭出現，彷彿牛排大餐一樣。我離開不到一分鐘，便有大貓接近。我只好愛屋及烏，順便餵食，以免這些大貓搶奪小山果的食物。

好幾次，我看到大貓在洞口出現，小山果也會驚嚇地躲回洞口裡，顯見牠不只對人陌生害怕，對其他大貓亦充滿防衛之心。

過了兩星期，小山果的行動能力明顯增強，活動範圍逐漸擴大到三公尺外，也開始啃乾飼料。同時，常在洞口玩耍，好奇地捕捉飄飛而過的蝴蝶，或者撲擊經過的飛蟲。尋常小貓的探險行為，都在牠身上展露。這也意味，牠熟悉環境了，甚而以此為領域。牠的好奇動作，讓我想起了住在不遠的小狸。小狸有時展現的幼稚動作，便是這樣愚騃。

旋即，牠的棲息位置也開始變換。除了洞口，還常蹲伏在觀音棕竹叢裡面，藉著茂盛的植物保護自己。小山果每每擺出清純無瑕的可愛表情，從竹叢裡遠遠地盯著外頭，非常清楚我無法接近。

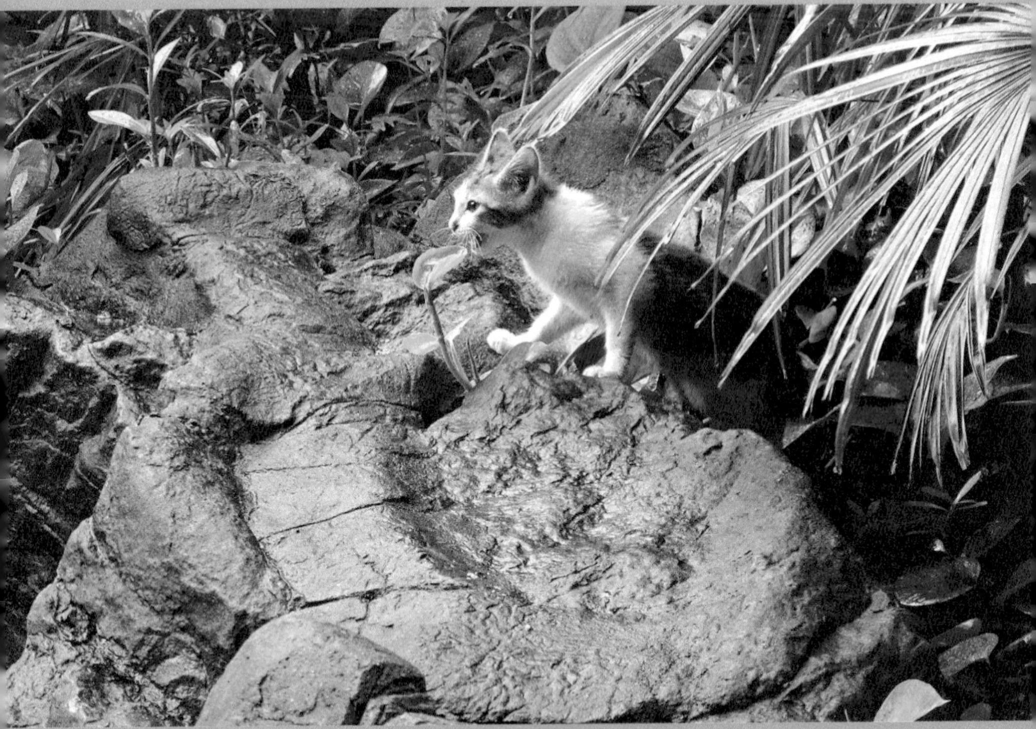

兩星期後，小山果不再躲藏，站上岩石露臉。

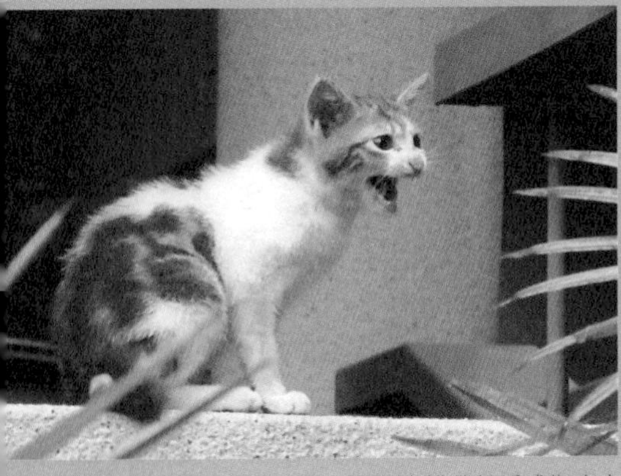

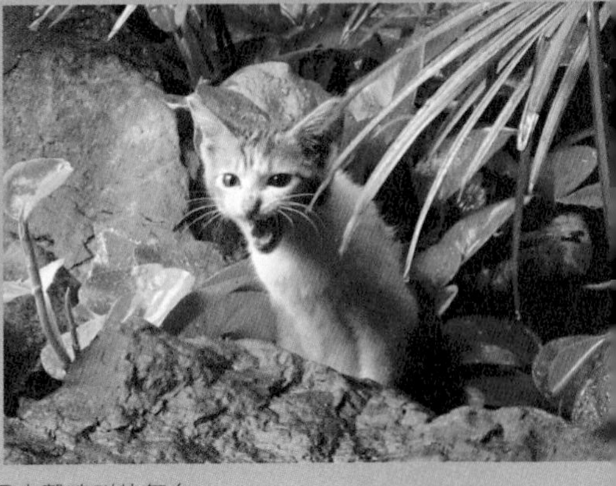

早上七點出頭，岩石和護牆輪番成為小山果大聲鳴叫的舞台。

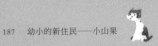

漸漸地，小山果也敢露臉，站到岩石上鳴叫。尤其是早上肚子飢餓時，牠繼續如過去般叫得響亮，彷彿早該有人拿食物過來。牠的勢力範圍慢慢擴大到三公尺外半徑時，早已擁有能力，跳上一公尺高的護牆。

我不知牠如何做到，總之就是天生好手，經常態若自如，站在那兒梳理皮毛。梳畢，繼續鳴叫，猶如初生，挨餓多時的小鳥。

牠的聲音蒼涼、悲愴，好像在懷念母親或者其他兄妹。從初次到來，那鳴叫聲都不是「喵」一聲，而是粗啞的怪叫，彷彿受到了極大的驚恐和不安。只是隨著日子一天天過去，牠不再鎮日嘶吼，轉而集中在清晨和傍晚時分。

光天化日，胡亂鳴叫是非常糟糕的行為，容易引發危險。牠太早離開母親的懷抱，沒有其他大貓教導下，正在犯致命的錯誤。還好，這兒是校園，沒有人會傷害牠。牠得以安然無恙。小山果恐怕還要摸索一陣，才會跟其他虎地貓一樣靜默地生活。如果這兒每隻貓都如牠嘶啞地大吼，恐怕會形成噪音。

除了不當鳴叫，小山果仍堅守一隻小貓的謹慎，清晨時出來活動，用完餐便休息，躲入地洞，下午再出來。晚間離洞口往往會遠一些。

有些大貓繼續經過洞口，探看一下，似乎清楚，也習慣了，有隻小貓在此，並未對牠產生排斥。我隱然感覺，食物充裕下，這是一種不欺負弱小的基本道義吧。在大貓之間，吃食物還是要依等級，地位高者往往占領食用的先機。小山果若年紀大一點，像小狸，恐怕就不是這等待遇了。

小山果的犀利叫聲也引來警衛、清潔工和學生的注目，許多人經過時，都會往那兒探望，看看牠今天如何，有時順便帶食物來。小山果並不愁食物匱乏，恐怕還是不解自己為何出現在這裡，或者做錯什麼。那持續的哀嚎聲，發出了這一強烈訊息。

牠得學習儘快適應環境。周遭都是大貓在棲息，如何跟這些前輩打交道，恐怕會是在此存活的關鍵。

我離開校園後，一位女同學繼續銜接我的觀察。又過了一個月，她寫信告訴我，有天晚上，小山果和一隻余園的貓並臥在草叢上休息，兩隻貓離得很近，像是親密的夥伴。

那隻會是誰呢，我一直未追蹤到。但幾可確定，小山果安定下來了。後來那位學生又來信說，牠的夥伴全身白淨，只有尾巴充滿虎斑，我猜是小狸。

我想像著小山果，跟一隻身軀大牠兩倍的成貓，一起在岩石附近納涼。突然間，浮昇一個美好想像。兩隻幼貓一起成長，相互扶持。虎地貓隱隱擁有一個充滿願景的未來，或者繼續某一美好生活的延伸。

小山果棲息的一方小天地。

小山果

牠像小王子一樣降臨
虎地才是真正的星球

加映場

福州貓

望著台灣的輪廓，乍看間，有時真像一隻貓蹲坐的背影。

回台之後，因為想念虎地貓，我嘗試尋找適當的區域觀看和記錄。初時最常拜訪的地點是猴硐，一處煤礦廢棄多年的小村鎮。一處封閉的山谷，前有基隆河阻隔，如今集聚了許多街貓，適合做為長期觀察的地點。只是離台北有些距離，必須搭乘火車抵達。再者，遊客太多，我的觀察常遭到干擾。街貓患病比例亦偏高，更讓人不忍旁觀。

我還是回到台北的街衢，到處漫遊，以不小心撞見的方式，跟街貓對話。愛貓者常有一種奇妙的悸動，只要街貓出現，對你凝視個三四分鐘，你的靈魂即被勾引而出。日後，常會情不自禁地流連，或者多待一兩分鐘，看看是否有某一緣分，在這角落遇見更多的可能。更多生命的溫暖。

街貓帶來的豈止是生活緩慢，尊重弱小生命的意義。一個人面對城市和人群，自我難以敘述的挫折和微小，在牠們身上具體獲得寄放，得以釋放更大的正面能量。我們彷彿拖著人生笨重行李的旅客，發現了適合的置物櫃，把它寄放進去，開始了另一段輕鬆的旅程。

在城市裡，不少街貓朋友，常有一種奇妙的羈絆。有時只是走過巷弄，看到一隻貓悠閒而困惑地看著你。那種情境總會創造難以敘述的莫名快樂，不可名狀的幸福。

八月初，在回家路上的某一巷弄，我注意到一對母子，黃耳和小葫蘆。原本住在摩托車店。未幾，搬移到十公尺外的一〇八巷。

我因為牠們，認識了摩托車店的老闆。有一回，他起心動念，餵食後，這對母子便常到店裡休息，最後賴在店裡。接著，他也不知如何處理，只好採取減少餵食的次數，同時將貓盆移到一〇八巷。這對母子才在巷口裡長時落腳。接下的日子，換成路過的愛貓人士，固定在那兒餵食。那兒遂形成一個覓食集團，總有六七隻街貓集聚。

黃耳是母貓，看來有些蒼老，形容疲憊。幼貓叫小葫蘆，看到牠時，我不免懷念虎地貓的小山果，因而對牠產生移轉的情感。

沿一〇八巷走進，裡面大約有三四十戶人家，住戶都是木工和修墳者為多。平時只見這款人士來去，並未有太多人往來。小小鄰里，不過兩個籃球場範圍大，左右被捷運站和加油站夾住，後頭則是福州山大片森林和墓園橫陳。寬闊的辛亥路則如大河奔流在前，不論何時都有車輛密集而高速地行駛，把它和世界隔絕。

在這一狹小巷弄和簡陋屋宇的空間棲息，喧囂大於髒亂。這群街貓的生活環境不算友善，只能安然苟活。我以福州貓稱呼。

虎地貓、福州貓，兩個街貓故事，一長一短，陸續發生在我的生活中。不論是個別議題或對照，都不斷在挑戰我的自然視野。

當一個人想要尋找自我本質最單純的那一部分，他和街貓的關係就會延續不斷。縱使又和另一群街貓告別了，那只是像種子休眠。在另一座城市，另一個角落，他會遇到另一群，再遇到自己。街貓的故事像草本植物的盛開，不管野地或大或小，時候和環境到了，就會青綠起來。

看到黃耳和小葫蘆這對母子，不禁懷念虎地貓的種種。

小黑
小葫蘆
小雲朵
黃耳

福州貓成員

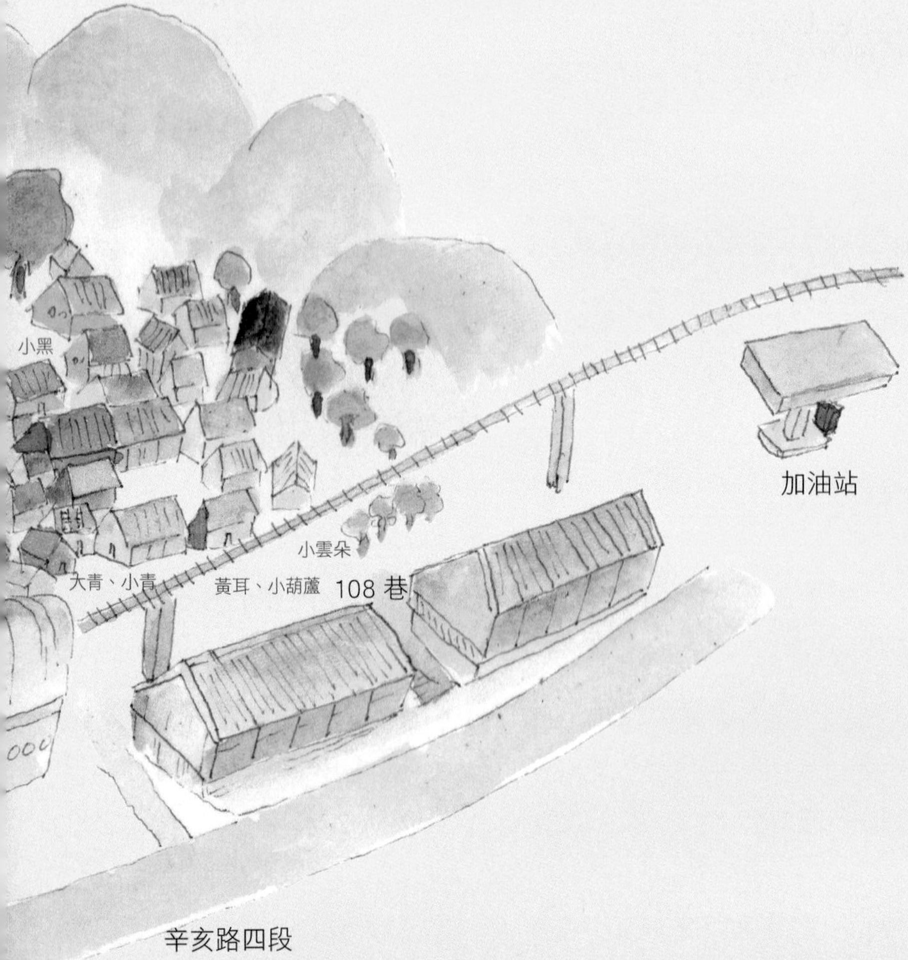
小黑
小雲朵
加油站
大青、小青
黃耳、小葫蘆
108 巷
辛亥路四段
N

福州貓分布圖

巷口遊民

黃耳和小葫蘆

一〇八巷入口是一排石綿瓦住家，固定棲息著三隻貓，其他多在晨昏時出沒。除了黃耳和小葫蘆母子，還有小雲朵。

黃耳體型最為壯碩，因為只剩下一隻幼貓需要照顧，僅剩一個縮小的粉紅奶頭露出，即將斷奶。小葫蘆不時挨近黃耳，或站或臥，仍習慣接近其肚腹。

小葫蘆不時有此動作，顯見仍有吸奶習慣。黃耳並未拒絕，但偶爾會刻意擺脫牠的接近，似乎在暗示這隻幼貓，吸奶時日不多了。小葫蘆也能吃飼料，但還是很仰賴黃耳，縱使沒奶了，依舊習慣性硬咬黃耳的乳頭。小葫蘆有時咬得用力，黃耳的乳頭還會溢出白色乳汁。

小雲朵長相跟黃耳近似，只有鼻頭顏色略為淺淡，可供分辨。摩托車店老闆告知，牠是黃耳上一胎懷孕時生下的孩子。如今一歲，仍滯留在巷口，黃耳並未驅趕。小雲朵應該有兄

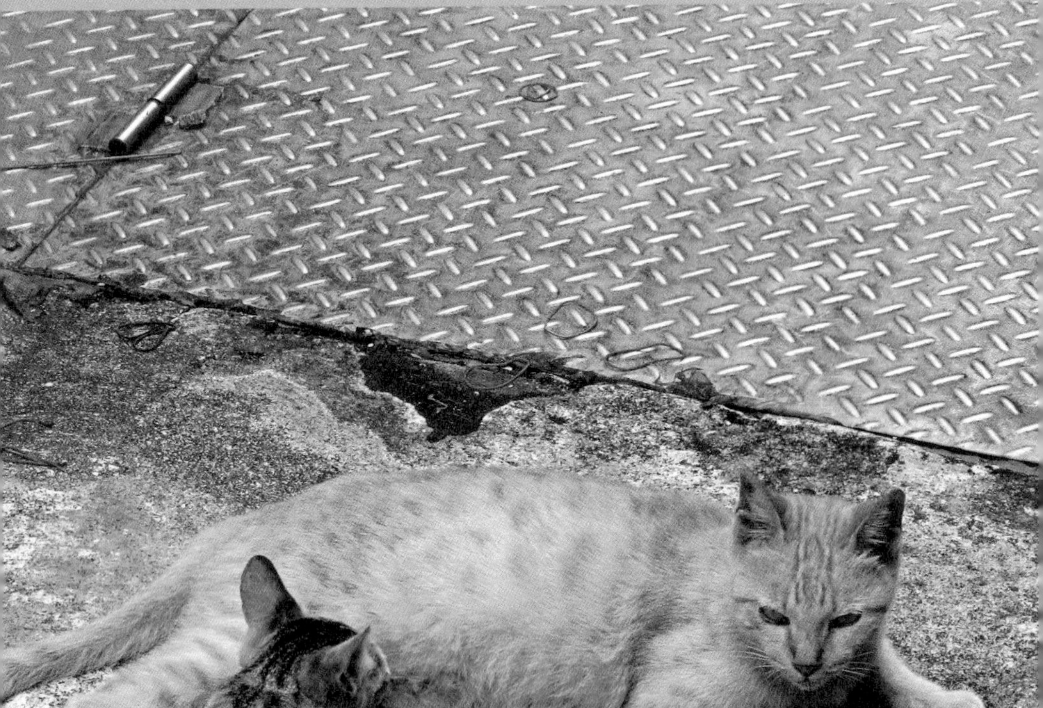

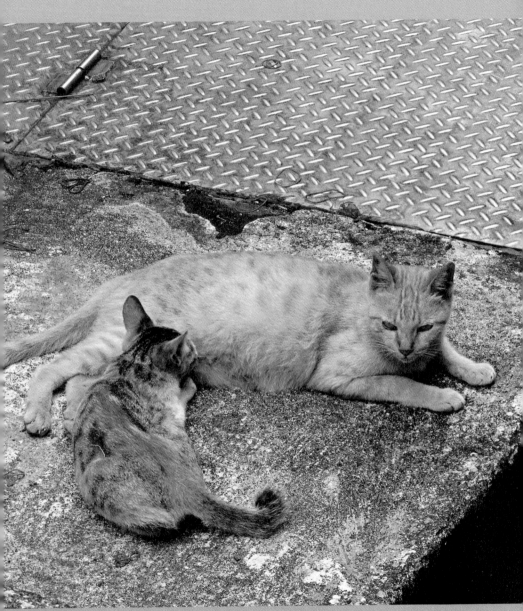

小葫蘆不用跟兄弟姊妹搶奶喝，不曉得牠是否感覺孤單？

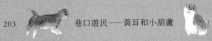

弟姊妹，但在成長過程中，無法如牠一樣安然長大。

小葫蘆從毛色一看，即知是三花貓，母貓也。前幾日，牠突地蹦跳上一輛小車車頂，似乎刻意要我仔細端詳。從其嬌小瘦弱的身形研判，出生恐怕才一個多月。至於為何只剩一隻，野地什麼都可能發生，便不予揣測。

只是不少市區的街貓常剩下一隻，很可能這類環境較為兇險，一隻以上，母貓恐怕都照顧不來。最後剩下一隻，容易養護，說不定是街貓的生存策略之一。小雲朵和小葫蘆都是存活的最佳例證。

根據摩托車店老闆的印象，黃耳在巷弄少說住了三四年，幾乎年年都生小貓。一年平均兩胎，大概已生四五次。每次都弄得又臭又髒。上個月，牠又生了兩隻，但大一點那隻，黃耳似乎察覺什麼狀況，刻意不餵食。沒多久，那隻小貓被馬路行駛的車輛撞死。

摩托車店老闆後來雖很少餵食，黃耳有時還是會帶著小葫蘆，去那兒磨蹭。但多數時候，三隻貓習慣在巷子休息。吃飽了，便找一個高位的冷氣機上頭趴睡，或者找一處陰暗角落休息。小葫蘆當然一直跟著媽媽，有時小雲朵也靠過來。

小雲朵會藉機欺負小葫蘆，尤其吃飼料時，常以爪威嚇。黃耳視而不見，可能希望小葫蘆獲得一些成長過程的教訓。但小雲朵過得恐怕也不快樂，其他福州貓反而最愛欺負牠。

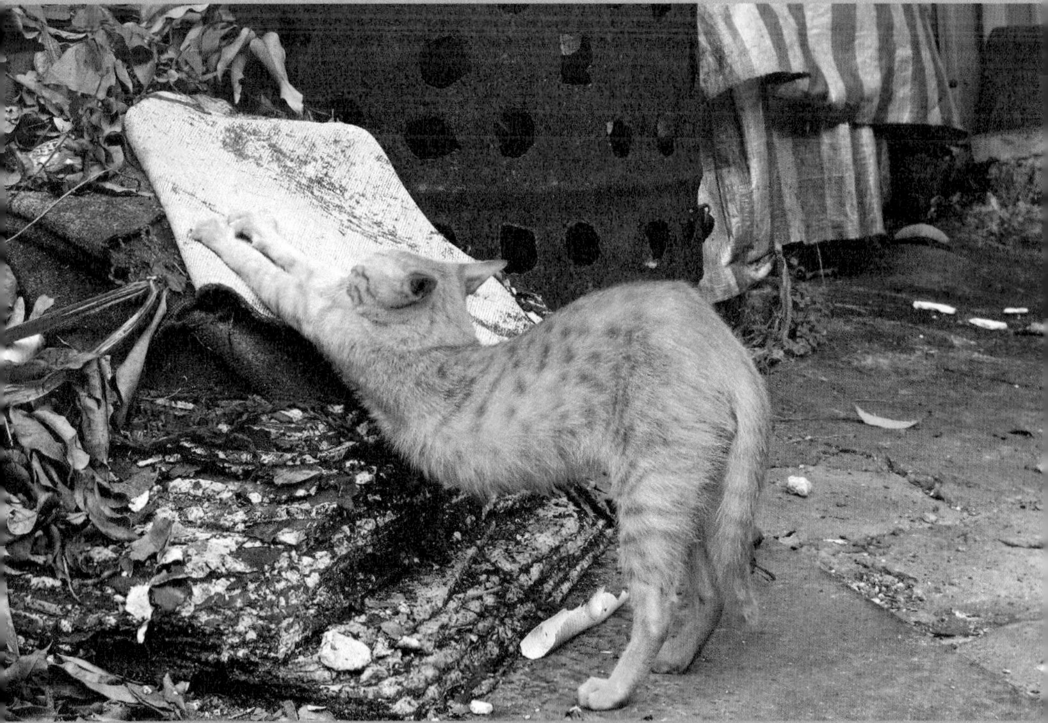

一歲的小雲朵伸懶腰。

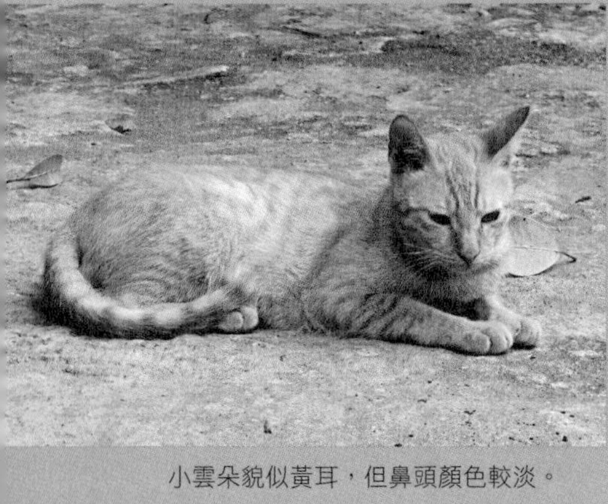

小雲朵貌似黃耳，但鼻頭顏色較淡。

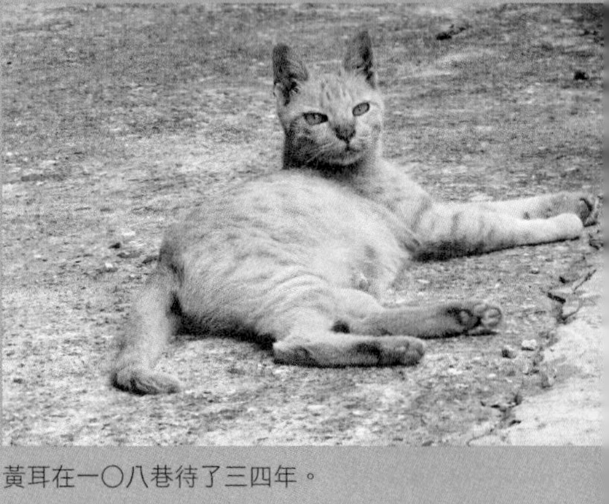

黃耳在一〇八巷待了三四年。

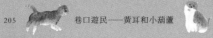

晨昏時，固定有兩隻福州貓會出現。公貓白足和母貓小黑，都是跑單幫，活動範圍較大，餓了時才回來找食物。

小黑局限在附近巷弄活動，我搭乘捷運回家時，從月台偶爾可以眺望到牠，佇立鐵皮屋上，跟其他福州貓在那兒翻滾，趴躺。或者長時間，享受某一難以敘述的慵懶。

白足常越過捷運辛亥站，遠遠地橫跨到另一個公寓社區。貓的活動距離愈長，地位權勢應該愈高。白足在兩個區域，都會威嚇當地的福州貓，小雲朵便吃足苦頭。

我要去搭捷運時，偶爾會看到牠，大搖大擺，穿越修建中的公寓大樓，準備到另一個轄區。此間福州貓，很少有如此行徑者。只有相當強健的，才有此能力。

一〇八巷是公共食堂，黃耳母子較弱勢，只好長時盤據此一離食物最近的地方，方有安全感。陽光明媚的天氣，牠們若睡眠飽足，活動較多，但也只是在附近晃蕩。

小葫蘆活動力最大，經常展現小貓愛玩耍的性格。有時會挑釁母親，刻意戲弄牠的尾巴，或者掠撲其頭，又或鑽過牠身前，試圖激怒。毋庸置疑，母親也透過遊戲教牠。

有時，牠跑去山坡地探險，咬食二耳草。在嶺大，我常看到虎地貓吃這種野草。小葫蘆總是咬了好幾回，不斷地跳上跳下。因為有母親伴護，玩性明顯強了許多。黃耳也會到小葫蘆咬過的地方找野草，但啃咬的是比較大的牛筋草。

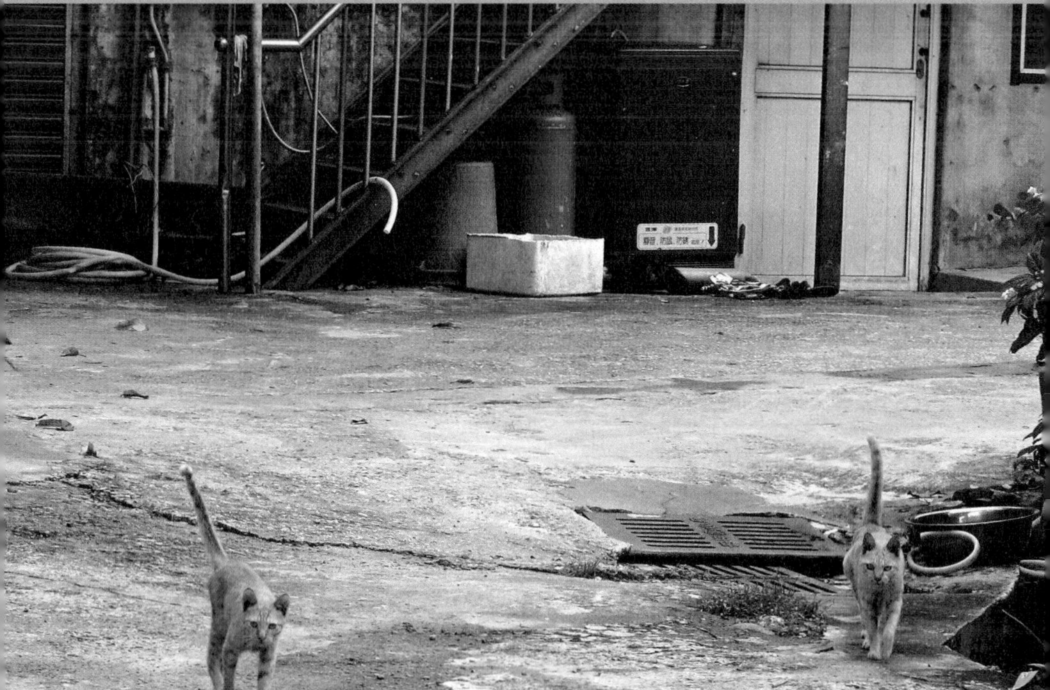

黃耳（右）和小雲朵（左）彷彿攣生姊妹。

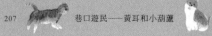

有回夜深了，經過一〇八巷，小黑和黃耳家族都生龍活虎地靠過來，豎高尾巴。連小葫蘆都高舉著棉花棒般的短尾。顯見牠也在學習展示友好，還興奮地衝到人行道，跳上花圃。我很擔心牠跑到馬路上，急忙離開。此間馬路上的車子行駛速度特別快，街貓一定難以閃躲。

我跟大家熟悉後，黃耳家族不時會尾隨我，走到摩托車店。小黑和白足懼生，仍留在巷子。小黑起初似乎很神經質，總是躲在車底下，疑慮地仰看著我。直到晚近才願意接納我的存在，偏好發出喵叫聲示好。白足還是躲在隱密處觀看，彷彿不存在般。

有一回，我到摩托車店聊天，老闆和一群人正在喝酒。我問他們最近有無餵貓食，他點點頭，帶著醉意反問我，要不要把小葫蘆帶回家飼養。聽口氣，他快受不了這群福州貓。一〇八巷進去的鄰里封閉如山谷，夜深後，巷弄常流動著不好聞的貓食氣味。還好周遭住家不多，未造成困擾。只有摩托車店老闆，偶爾啜酒後的小嘮叨。

小雲朵愈來愈愛欺負小葫蘆，常故意把瘦小的小葫蘆頂撞開來，或者大力揮動爪子，趕走小葫蘆的接近。但不是很兇惡的方式，只是大欺小。

有一天，小葫蘆不知為何闖進隔壁的廟堂裡頭，意外被鎖在裡面。牠不斷地來回奔跑吼叫，抓門，意圖衝出，但喊了一整天，還是沒辦法。直到廟公回來，開了門，才得以和母親碰頭。黃耳可是老神在在，似乎早已預料有此事發生。小雲朵更不在乎，一直趴在冷氣機上。

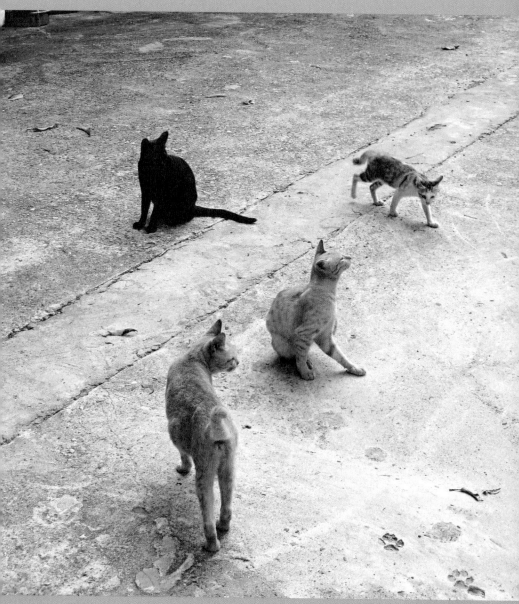

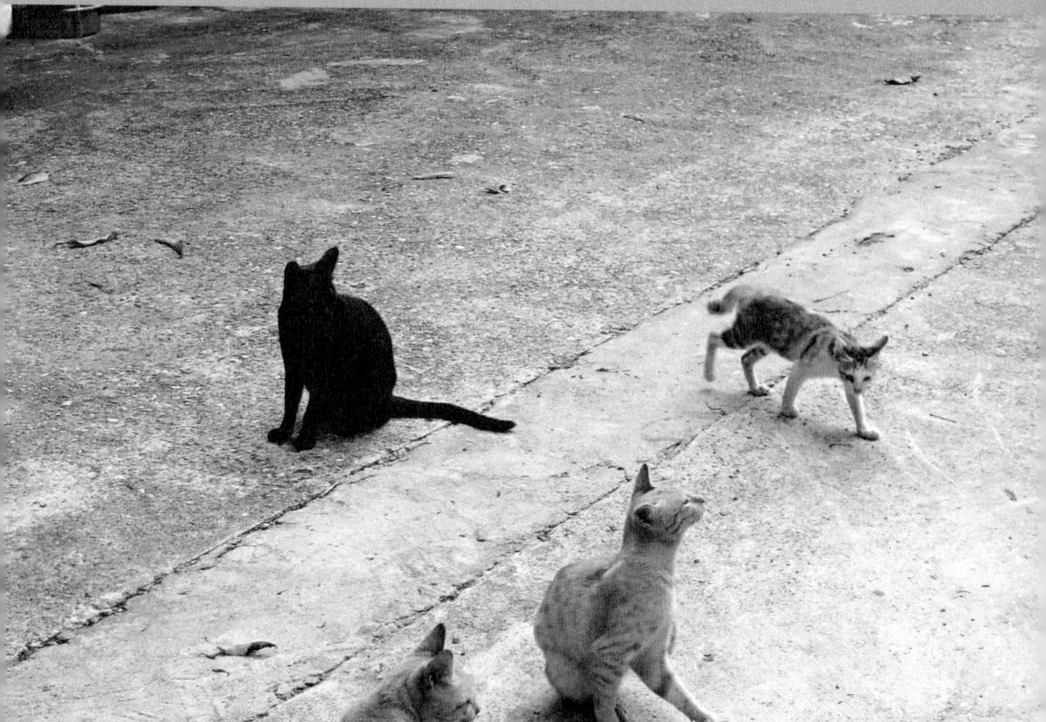

黃耳一家多在一〇八巷晃蕩，小黑有時也來湊熱鬧。

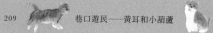

觀察兩個月後，有一天，小葫蘆消失不見了。我慌張地去問摩托車店老闆，但他也不知道原因，只是大膽研判，以小葫蘆到處闖蕩的情形，很可能被車子撞死。摩托車店老闆在形容時，彷彿在描述一個尋常路人遇到車禍。我生悶氣好些時日，不想理他。

黃耳和小雲朵繼續住在那兒，白足和小黑偶爾出現。黃耳肚腹愈來愈大。有位愛心人士，趁餵食時，把牠引進鐵籠，帶去結紮。回來後的黃耳雖有些病懨懨，但仍照常進食。

此時，巷口的整排水泥房開始整修，巷弄裡塵土飛揚，福州貓恐難在此生存。沒多久，黃耳真的消失了，小雲朵也跟著不見，連白足和小黑都未再現身。

整個巷口因這突如其來的環境改變，一夕之間，福州貓都不見了，一如我在其他地區的經驗。可能是看過太多街貓的生死吧，我的心情雖未跌至谷底，但有陣子很難再經過那裡，一直刻意繞路回家。害怕經過時，總要伸頭探望，進而觸景傷情。

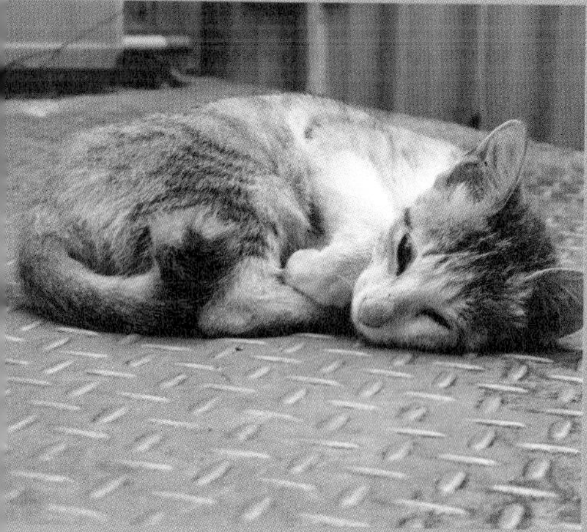

小葫蘆係三花貓。

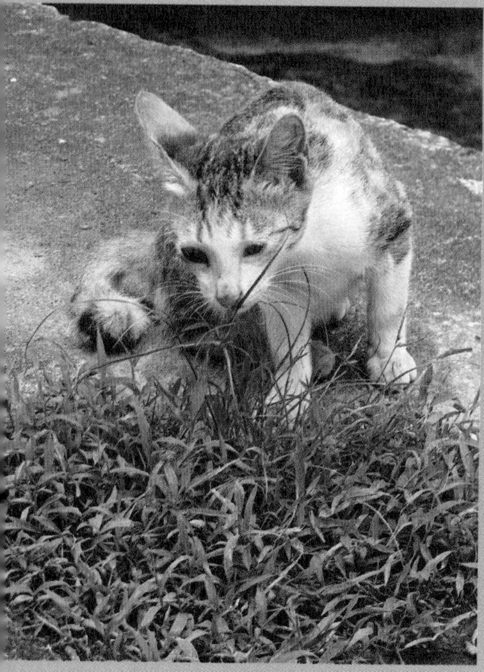

小葫蘆練習咬草。

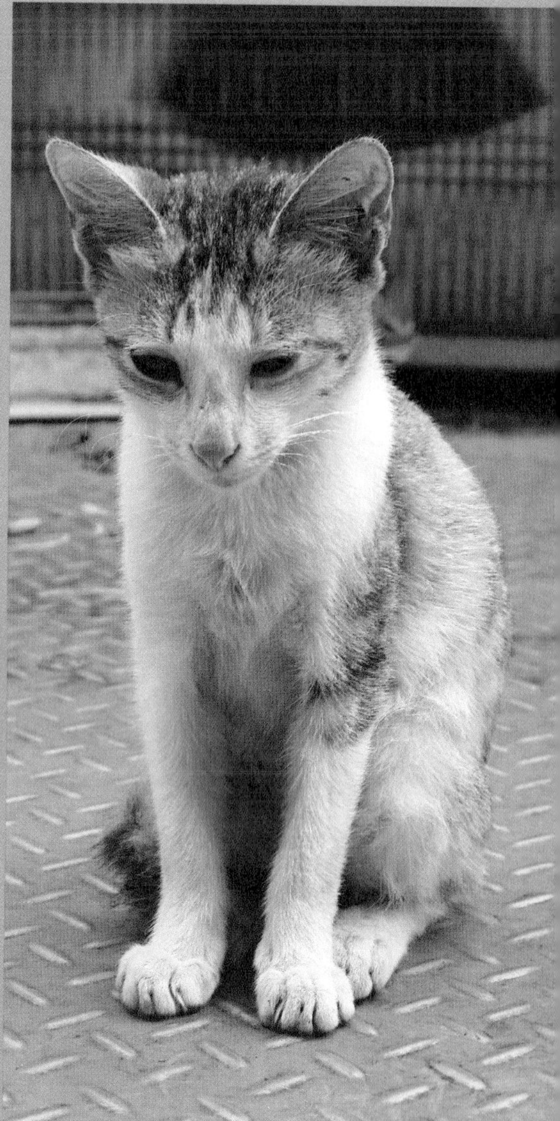

小葫蘆一個多月大時，模樣嬌弱。

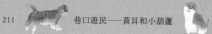

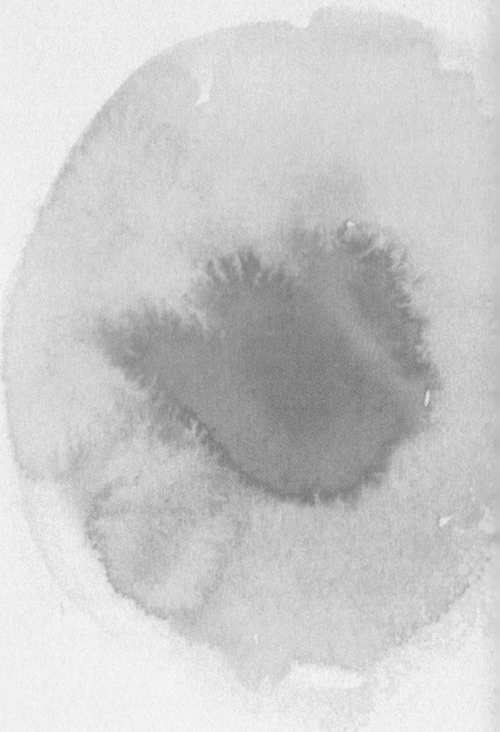

小葫蘆

牠的眼神天真、單純
但一隻街貓不值得活著的茫然
也不時流露

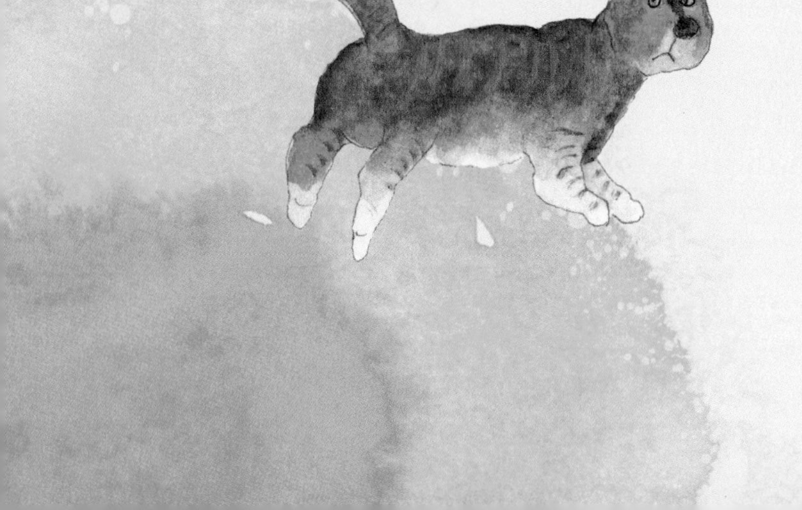

街頭小霸王

白足

霸氣的白足，行徑總讓人想起虎地貓一條龍的傲慢。但牠的體型更加壯碩，一現身一〇八巷巷口時，對其他福州貓都隱隱帶來威脅。

黃昏時，愛貓人士提供的飼料來了，其他貓會趨前，集聚食物堆旁。白足和小黑總是躲在不同的角落觀察。通常，小黑先起身，從隱藏的暗處走向食物。白足仍蹲伏著，似乎要更加確定周遭無人，方要現身。一出來，也不急著吃，而是先出爪警告。

教訓要找適合的對象，才能很快穩固既有的地位。這是當地方角頭的必要策略。小黑一樣跑單幫，早已順從牠，知道吃食的秩序。黃耳仍在照顧幼貓小葫蘆，必須尊重。小雲朵長大了，應該給予一些教訓，因而成為首要目標。

只要小雲朵靠近裝食物的淺盤，白足就無端地發動攻擊。三四回後，小雲朵看到白足即

小黑的一雙黃眼很有特色，另一隻黑貓則是藍眼。

不寒而慄，清楚知道誰是此地的老大。進食前都要確定，白足是否出沒周遭，再小心地吃。

白足不只統領一〇八巷，遠到另一頭的駕駛訓練班依然強勢。黃昏時，一間土地公廟旁常有人放置飼料，約莫四五隻街貓在那兒活動。牠們同樣害怕白足，總要確定白足不在，才敢安心進食。若有白足蹲伏，都各自小心翼翼地靠近淺盤，生怕白足從背後突然現身。

有陣子，當地餵貓食物的女士看到我在觀察，特別過來抱怨。她不喜歡白足，懷疑是某家飼養的家貓，吃飽飯沒事跑來搗蛋。她想從我這兒確定白足的由來，甚而揣測我是飼養者，準備跟里長或派出所抗議。我很難簡單解釋，自己那套跑單幫和集團的觀察經驗，只能一問三不知。

白足來去的領域，或許沒一條龍在嶺大的面積廣闊，但地形比較複雜。公寓大樓櫛比鱗次，巷弄多歧而窄小。一條龍橫越草原，猶若獅子。白足比較像老虎穿梭叢林，更加謹慎地觀看周遭。

同樣是地方霸主，一條龍是鄉野角頭，海派瀟灑。白足是城市流氓，甚怕被僭越。當牠出手教訓其他街貓，看似臨時起意，我卻隱隱感覺，每一動作都有具體的算計，絕非像一條龍的隨興。

小黑的領域沒白足的寬廣，只集中在鐵皮屋區，偶爾在墓園上的榕樹活動，或爬上屋頂，

白足是捷運辛亥站附近的街貓老大。

跟其他貓碰頭。我們看到街貓悠閒地慢行，或者站立屋頂遠眺，大概就是這等孤單形容，卻也從容。牠有一對炯亮的黃眼。接近山腳，有隻黑貓從小到大始終是藍眼睛，也常躍上屋頂。

有時看到白足穿越公寓大樓，竟有些許忙碌的悲涼。都市不斷變更的社區地景，儼然如森林裡看到一棵棵樹木被砍伐。在這樣惡劣的環境改變下，街貓往往失去生存的機會。快速更迭興起的建物如猛獸，不論街貓再如何熟悉繁複的家園，那橫越常充滿危險和驚悚，隨時會被吞噬。

跑單幫的街貓領域雖大，每一個地方的滯留也不長。白足都在黃昏時抵達一〇八巷，多數時間蹲伏在另一個空闊的荒野位置。一〇八巷的食物最穩定，但通往汽車駕訓班的巷弄變化很大，牠不斷改道，難免會和其他貓狗遭遇，發生追逐和打架。

等到一〇八巷改建，黃耳母子消失了，食物愈來愈少時，牠和小黑都放棄前來。此後，我未再邂逅，以為牠們都已身亡。

過了一陣，心情恢復平常。每回經過巷口，總不免轉頭探看，有時還會從另一條巷弄踅進，但都不是在尋找牠們。而是隨便走逛，看看有無其他福州貓出現，成為此地的新住民。

兩年後巷口的舊房重建完工。有天黃昏經過，無意間轉頭探看，赫然發現牠和小黑佇立巷口。不知為何，少有往來的牠們竟同時現身，似乎彼此有一約定，怎知又意外地遇見我。

小黑是一隻母貓。

小黑賴在鐵皮屋頂。

小黑和小雲朵（後）和平相處。

我異常振奮，親切地喊了一聲。牠們似乎熟悉了這聲音，從不同的位置走向我。但仍有遠近之分。小黑彷彿先前的黃耳母子，大膽地靠近。過去牠很少這樣挨近，總是保持一個距離。這一回或許是許久未見面了，因而靠得甚近，大概也想看清，發出熟稔聲音的人是誰。白足何嘗不是。牠也不像過往的疑懼，轉而主動地跑出，罕見地高豎尾巴。站在我的前方二公尺處。我從未和牠保持這麼短的距離，以前總是四五公尺遠，蹲伏著，保持一個隨時可以躍起遠離的姿勢。那距離和姿勢都充滿陌生的敵意。

但今天明顯不一樣了，因為這意外的邂逅，展現了不曾有過的善意。我走過去跟牠們打招呼。白足雖有警戒，明顯比以往任何時候都還願意接納我。小黑更不用說，彷彿狐狸遇見小王子般，帶著曖昧的絮語，一直對我豎耳喵喵叫。那不只是要食物，好像也在問候我，還好嗎。

兩年了，牠們竟能在這一不斷興建，髒汙雜亂的環境中存活下來，委實不易。可是過了這一天，接下的時日，我又未再過看到牠們。只遠遠地看到鐵皮屋頂上有隻黑貓，繼續趴躺著，應該是那隻藍眼睛的。白足更是一點蹤影都未發現。

但兩年來，周遭環境惡劣變化下都能度過。接下來的日子，牠們應該還能怡然存活吧。我樂觀地想像著，期待有一天，繼續在巷口再度撞見。

兩年後意外重逢，小黑和白足比以往任何時候都接近我。

白足

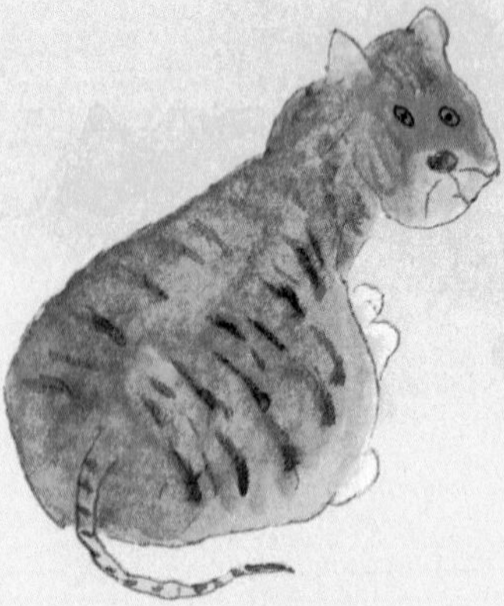

像霧的到來
保持距離
以一隻特稀有動物存在的尊嚴
讓人震懾

小黑

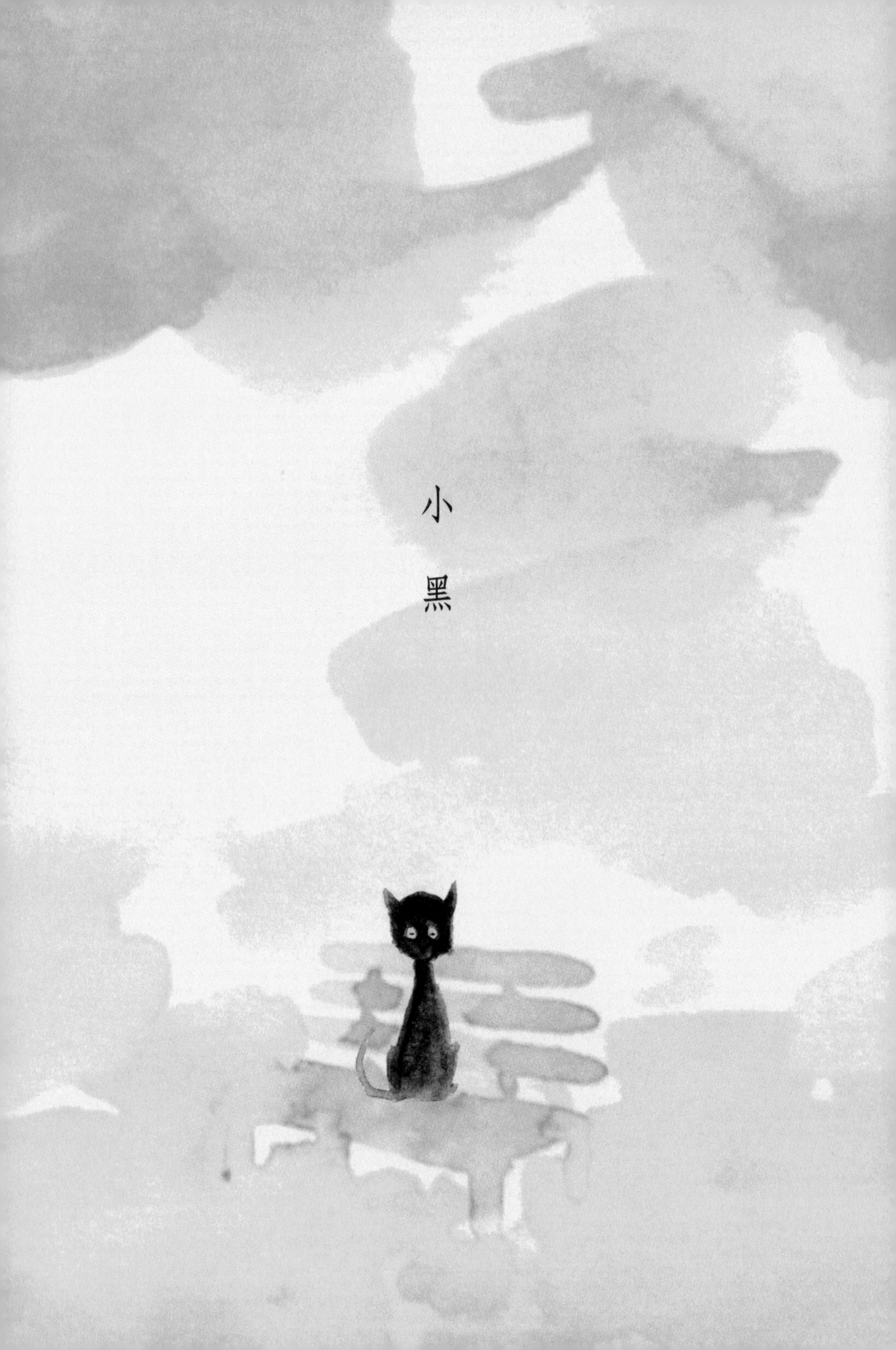

天氣陰涼下
在某一城市的屋頂
牠總是扮演
孤單的提琴手
徜徉在雲端的詩人

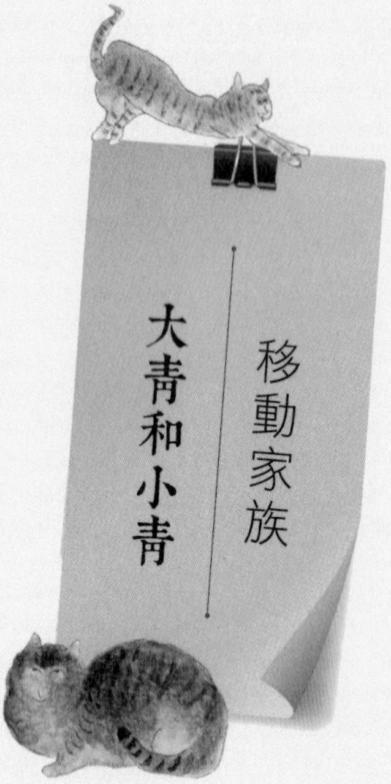

移動家族

大青和小青

再次遇到大青，竟然是從捷運站月台眺望時。

那天剛回到辛亥站，從車廂出來後，我習慣從此三四樓高度的位置，俯瞰下方的鐵皮屋村落，還有遠方的福州山。

福州山山坡過往是墓園區，目前逐區徵收，漸次恢復為樹林的樣貌。下方的鐵皮屋則呈現凌亂錯落的樣式，巷弄又曲折不一，遂偎集出一隨便拼湊的聚落之難看形容。彷彿一個大颱風到來，輕易即吹垮。

平常走出車廂，我習慣先遠望福州山。緊接著，往下搜巡聚落的鐵皮屋頂。過往的經驗裡，連綿雨後突然放晴，或者陰天時，屋頂上最常看到貓隻現身，各自在不同的屋頂上趴臥，舔毛或閉目休息。偶爾還會有三兩隻碰頭，好像鄉下老人出來透氣，一起並躺，便有一美好

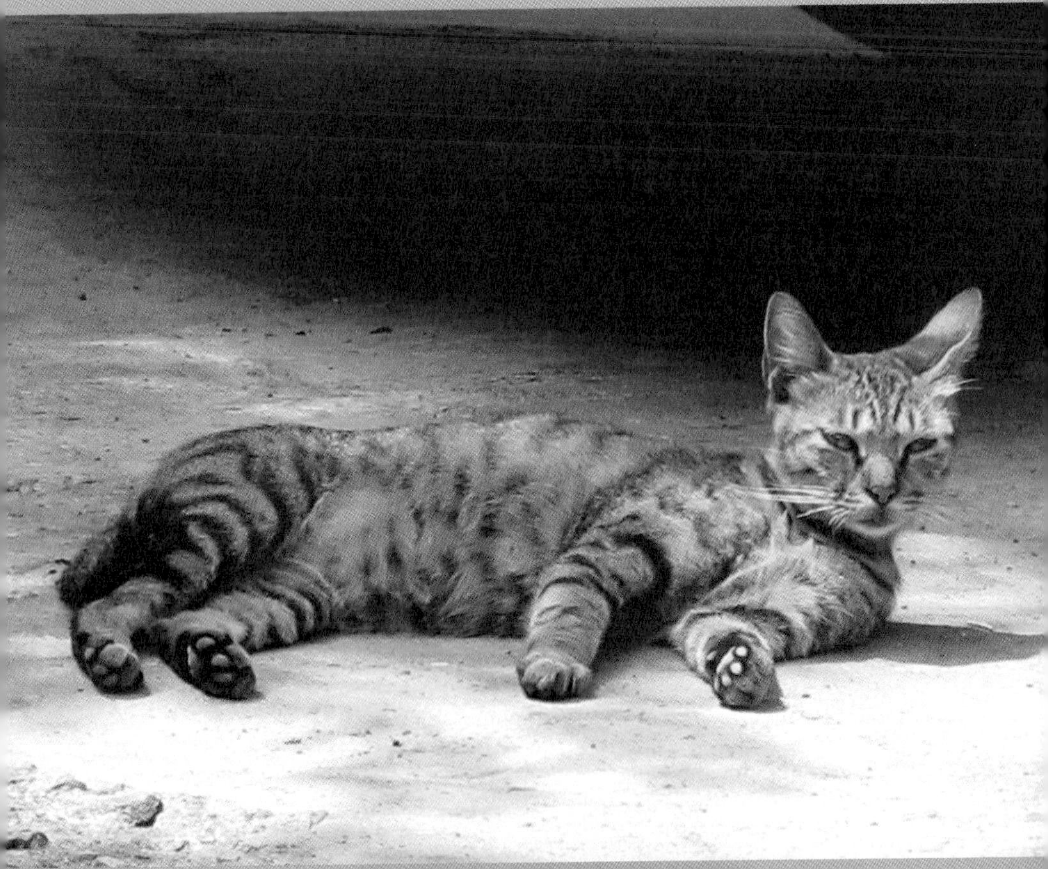

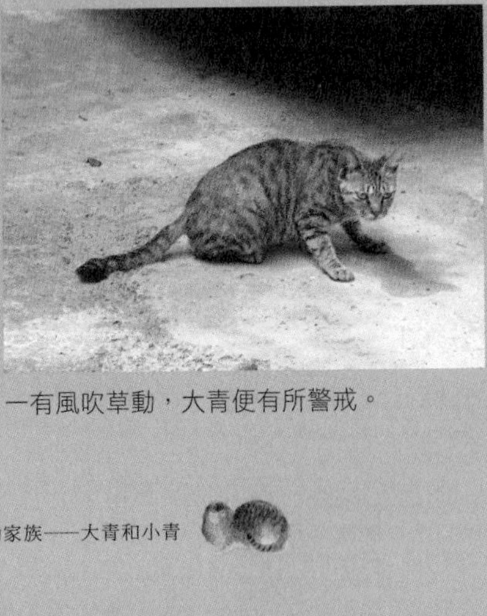

一有風吹草動，大青便有所警戒。

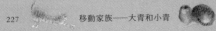

的情景。

此時，一處屋簷下的冷氣機隙縫，正巧有隻虎斑貓從那兒現身，跳到下方另一間房子的屋頂上。這一跳落約莫三公尺，對一隻貓根本是輕而易舉的事，我因而未特別感到驚奇。只是許久未在屋頂看到福州貓活動，尤其是秋初的早晨。更何況，這隻叫大青的虎斑貓多時未現蹤影，我因而繼續站在那裡觀望。

屋頂不是街貓必經的重要路徑，多半是閒閒無事做的徜徉之地。貓會出現在那裡，往往不是為了覓食，更不是在尋找藥草，而是處於某一生活滿足的狀態，彷彿在放空自己。

基本上，悠閒出現屋頂的，都是在地已熟識環境的街貓，站在那兒居高臨下，常有俯視家園的情境。那時多半是清早或黃昏，陽光薄弱時。牠們時而在屋頂翻滾、搔癢，梳理皮毛，或者跟其他同時出現的街貓一起並躺、舔毛，或互相以爪子輕輕戲弄對方。

一隻貓出現屋頂，更意味著牠處於健康狀態，暫時不想面對任何問題。牠爬上這裡，放鬆自己，暫時擱置覓食、交配等日常生活的固定事宜。屋頂彷彿涼亭，具有望遠、觀高等安全情境，但特別容易感受孤獨。貓上了屋頂，就是詩人。

大青的縱跳當然引發我的駐足。牠跳下後，走了一段距離，隨即在一個角落梳理身子。然後抬頭回望，一直瞧著冷氣機的方向。

我正困惑此一細微動作。緊接著，又有狀況發生。一隻小貓從剛剛大青縱跳下來的位置滑落下來。那兒有一道明顯的孔隙，貓剛好可以探出頭。那隻小貓翻滾得相當狼狽，甚而帶點驚恐。從三公尺左右的高度這樣降落，居然毫髮未傷，頗教人驚奇。小貓發現自己安然下來後，興沖沖地走到大青那兒，色澤和大青近似，看來是一對母子。

沒想到，消失許久的大青，竟然是躲到這兒生小貓。剛剛牠明顯地在觀望，看看小貓敢不敢下來。但只有一隻嗎？

當然不是，沒過兩三分鐘，又有一隻，比剛才更加笨拙地摔落，且發出更大的碰撞聲。原來，牠害怕直接跳下，用爪子緊抓牆壁的突出物，試著慢慢滑落。但牆壁過度垂直，沒有突出物可以穩穩攀住，這個意圖自然失敗。

第二隻小貓出現後，我隨即敏感地研判，眼前正在發生母貓帶小貓的搬遷事宜。

一般母貓生小貓都會自行躲到隱密的空間，生怕被任何人或動物發現。一旦被干擾，隨即會遷離。直到小貓餵育長大，可以自行走動時，母貓才會帶領牠們離開隱蔽的照顧之地。這一離家的移動，往往也不會再回到出生之地，而是轉移到另一合適的環境。可能是母貓原先生活的地方，或者是一處新家園。

我大膽揣想，大青正在帶小貓們離開出生之窩。以前我見過兩三回，但都是輕鬆地從地洞鑽出，或者自類似的隱密處現身。像眼前這樣，從高空重重跳降，還是第一回。

看來大青選擇了一個相當嚴苛的環境。但這一高度，也讓餵哺期間的小貓有更安全的生長空間，只是離開時，挑戰就殘酷了。小貓面臨極端危險的處境，牠們只有一次降落的機會，才能繼續展開接續的旅程。若是失敗，可能會摔斷筋骨，甚至墜死在屋簷。牠們的初次，說不定就是最後一次。

我看得觸目驚心，但只有兩隻小貓嗎？正忖度時，只見又有一隻慌亂地滾落。這隻或許摔得太重，呆愣在原地許久，似乎暫時失去記憶。好不容易清醒了，再踉蹌地走到大青那兒。

此時，冷氣機隙縫還有一隻露出頭來，正伸頭往下猶疑地眺望，充滿害怕的表情。怎麼辦呢？其他小貓都勇敢地往下跳了，牠若不嘗試，可能就無法跟上即將離開的隊伍。大青已經停止舔理皮毛，作勢即將離開。那等情形更告知，牠絕不可能回來幫忙。我擔心這會是唯一出狀況的小貓。最後，大青抬頭了，平靜地望向冷氣機，好像給牠最後一次機會。

小貓清楚知道事不宜遲，母親不會等待的。牠一直害怕地往下探望，終於鼓足勇氣，準備跳下時，前腳又緊張地勾住窗口，結果跟剛剛那隻一樣困窘。支撐沒多久，隨即滑落。這次掉下的撞擊聲又比先前更加巨大，直覺是狼狽地重摔。

我心裡大喊完了。怎知，過了一陣，牠還是能顫抖起身，只是一隻後腿好像有些扭傷，

大青的孩子中，小青是我唯一近距離記錄到的小貓。

一瘸一拐地走向大青，跟其他兄妹聚在一起。這一連續的畫面，讓我聯想起白額黑雁，在近北極圈崖壁的繁殖。成鳥在崖下等待，讓幼雛跳下萬丈深崖，一路碰撞岩礁、石塊，再翻滾下來。當然以此對照幼貓的縱跳而下，簡直是小巫見大巫，但還是教人驚心。

緊接著，全家出發了。大青鑽入一戶人家的屋頂，其他小貓也陸續跟進，後腿有些受傷的那隻，一樣緊跟在最後。牠們開始探看這個危險而新奇的世界。接著會是怎樣的旅途，又會在哪落腳呢？真巴不得化身為其中之一，參與貓媽媽大青擇選的行程。

鐵皮屋村落，雖說封閉而安全地位處於福州山山腳，但畢竟是木材作業區，巷弄不時有狗群蹓躂，或有汽機車闖入。包括來自山區不易預測的野生動物，飽含各種危險。小貓是否能安然長大，委實難以預料。

無奈的是，我和這支家族也僅僅這回遇見。後來幾次到那兒尋找，或者觀看屋頂時，並未發現任何蹤影。直到十來天後，才在一〇八巷後頭的小廣場再度遇到。只是這時，大青身旁只剩一隻。

到底這些日子發生何事，為何僅剩下一隻，我無從推測，只能以自己的經驗判斷，一隻街貓要在城市巷弄飼養孩子相當困難。我最常看到母貓帶領一隻幼貓的狀況。街貓的生活環境，在城市大抵惡劣，大概只有照顧一隻的能力。大黃如此帶領小雲朵，或者後來照顧小葫

雖然沒有手足同樂，小青自己也有得玩。

蘆都是這等狀況，大青亦如此。

大青帶著一隻瘦小纖弱的小貓正在休息。我取名小青。牠們距黃耳母子的位置不遠，在這兒遇到了一位定期餵養的阿婆。有此食物的提供，當然就不會離開了。

大青的乳頭露出好些，仍然有兩處呈現紅腫之樣，顯見至少還有另一隻，但我怎麼找都未看到。僅存的這隻，色澤跟大青一樣，正在認真地玩耍。這十來天的旅程裡，牠的兄弟姊妹可能逐一消失，但牠很幸運地學會了玩耍，十足展現小貓的性格。

阿婆看到我出現，關切地探問我在做什麼？我告知自己很關心這隻貓。她給了我這樣的答覆，這隻母貓已經來了六七天，當時還有兩隻小貓跟著，現在僅剩下一隻。她偶爾會給些食物。

大青母子很機警，明顯地跟人保持距離。小青已能吃其他食物，吃飽後，一定跟大青緊密地互動。

我遠遠地眺望，只見大青蹲著，小青不斷往上跳，試圖撲捉母親的臉頰。大青有時也會斜躺下來，佯裝受傷或不支倒地，誘引小青來撲追，彷彿攻擊小動物。大青當然是以此遊戲引導小青成長。小青可是玩得很認真，努力地抓咬母親。大青不以為意，更常以尾巴喬扮某些動物，誘引小青捕捉。小青常追得氣呼呼，累到趴在地面不起。等恢復體力，又繼續追擊。

遠眺時，我看到這樣四下無人的遊戲，快樂地演出。當我接近時，這一遊戲便結束。牠們審慎地防範我，躲到車子底下觀察。周遭一棵樹下有一只淺盤和水杯，大概是附近住民提供的。

觀察約莫一星期，大青和小青也消失了。原因為何？我也說不清楚，應當都跟附近的修屋工程有關。不遠的捷運旁正在興蓋大樓，一〇八巷也在整修，環境變化太大，巷弄間常有汙濁空氣，連人都無法忍受，何況是街貓。

黃耳母子逐一消失時，這兒也跟進。沒人知道原因，也沒人在乎。只有我的好奇和無奈成為疏離的關懷。

我仍然繼續搭乘捷運，由此站出入，依舊會往下眺望鐵皮屋村落，懷念這群福州貓。若看到鐵皮屋上有貓，當然會想起大青從這兒出發，帶著四隻小貓，開始探索世界的旅程。

但更多時候，我會抬頭眺望。思念翻過福州山，想到另一個遙遠的地域。香港的虎地貓們，不知牠們是否依舊，繼續半野半家的生活？

這是我最後見到的大青和小青，小青長大了一些，不再乾巴巴。

大青和小青

當小青從屋頂跳落
大青的照顧任務已完成大半
但接下來的生活
或許才是最艱苦的旅程

國家圖書館出版品預行編目（CIP）資料

虎地貓 / 劉克襄著 . -- 初版 . -- 臺北市 : 遠流，
2016.07
面； 公分 . -- (綠蠹魚叢書 ; YLK98)
ISBN 978-957-32-7851-1(平裝)

855 105010011

綠蠹魚叢書 YLK98

虎地貓

作者／劉克襄
繪圖・攝影／劉克襄
照片提供／嘉晴（P95、113）、慧珊（P107）
出版四部總編輯暨總監／曾文娟
專案主編／朱惠菁
資深副主編／李麗玲
企劃副主任／王紀友
封面暨內頁視覺設計／黃寶琴・優秀視覺設計

發行人／王榮文
出版發行／遠流出版事業股份有限公司
地址／台北市100南昌路2段81號6樓
客服電話／02-2392-6899 傳真／02-2392-6658
郵撥／0189456-1
著作權顧問／蕭雄淋律師

2016年7月1日 初版一刷
定價 新台幣350元（缺頁或破損的書，請寄回更換）

ISBN 978-957-32-7851-1

YLib.com 遠流博識網
http://www.ylib.com E-mail ylib@ylib.com